DU BIST DER STERN IN MEINER NUDELSUPPE

THOMAS BROCKMANN

Du bist der Stern in meiner Nudelsuppe

LIEBESERKLÄRUNGEN MIT PFIFF

EICHBORN VERLAG

FÜR RIEKE, OHNE DIE JEDE IDEE NUR THEORIE WÄRE...

CIP-Titelaufnahme der Deutschen Bibliothek

Brockmann, Thomas:
Du bist der Stern in meiner Nudelsuppe: Liebeserklärungen mit Pfiff / Thomas Brockmann. - Einmalige Taschenbuchausg. - Frankfurt am Main: Eichborn, 1991
ISBN 3-8218-3501-X

 Die bereits erschienene Erstausgabe ist weiterhin lieferbar.
Umschlaggestaltung: Uwe Gruhle unter Verwendung eines Motivs von Birgit Tanck. Gesamtherstellung: Elsnerdruck.
ISBN 3-8218-3501-X. Verlagsverzeichnis schickt gern:
Eichborn Verlag, Hanauer Landstraße 175, 6000 Frankfurt 1

Rollenspiel

Jeder übt im Kämmerlein,
Die Varianten für sich ein.
Vor dem großen blanken Spiegel,
Gut gebürstet mit dem Striegel.
Stellt sich vor, ganz simultan,
Jene Traumfrau mach ich an.

So wie BOND im letzten Kino,
Süße komm mit ins Casino.
Dabei ist es nicht geblieben,
Ihr kennt ja alle 007.

JOHN TRAVOLTA könnte ziehn,
Und du wackelst mit den Knien.
Trägst die Haare besser offen,
Doch bekennst du leicht betroffen:
Ich bin leider nur Eins-Zehn,
Und kann nicht als Travolta gehn.

HUMPHREY BOGART heißt die Rettung,
Doch dem Trenchcoat fehlt die Glättung.
Und der hochgeklappte Kragen,
Wirkt alles andre als verschlagen.
Doch du ziehst den Hut noch tiefer,
Die Kippe wippt am Unterkiefer,
Sprichst lässig nur mit Unterlippe,
Und verlierst dabei die Kippe.

In die Kneipe kommst du rein,
Willst wie OTTO WAALKES sein.
Siehst die hübschen Mädchen sitzen,
Denkst, die kriegt man nur mit Witzen.
Und bekommst auch gleich drei Groschen,
Denn dein Witz war abgedroschen.

Auf die Straße trittst du locker,
Wie ein Lederjackenrocker.
Schiebst den Colt am Gürtel rein,
Willst wie PAUL BELMONDO sein.
Leider bist du nicht so rassig,
Dafür aber blaß und maßig.

Ins Cafe trittst du dann bieder,
Und da sitzt die Traumfrau wieder.
Du bestellst ihr ohne Worte,
Eine riesen Sahnetorte.
So natürlich und erquicklich,
Fliegt sie auf dich augenblicklich.
Daraus schließt du völlig klar,
Ich bleibe, wie ich immer war.

INHALT

LIEBE LESER/INNEN

Sämtliche in diesem Buch dargestellten Liebeserklärungen waren ursprünglich für eine Person bestimmt. Über Monate lief meine Phantasie auf Hochtouren, auf der ständigen Suche nach immer neuen Ideen. Meine Tag-, Nacht- und Alpträume handelten von Liebesbriefen. Das Resultat war: An den unmöglichsten Orten und zu den verrücktesten Gelegenheiten hatte ich Einfälle.
Trotz der intensiven Erfahrung bin ich sicher, daß meine Sammlung an Liebeserklärungen unvollständig ist. Wer also von eigenen Erlebnissen oder Ideen berichten möchte, ist bei einer Folgeauflage dieses Buches herzlich willkommen. Zuschriften bitte an den Eichborn Verlag, Stichwort »Liebeserklärungen mit Pfiff.«

Thomas Brockmann

VORWORT

Die Herzklappen flattern, die Hände schwitzen, und im Bauch kribbelt es. Was nun? Wie drückt man jetzt sein Gefühl am besten aus?

Einerseits ist es höllisch schwer, weil man

- Mut aufbringen muß,
- Angst hat, enttäuscht zu werden,
- den andern mit seinem Gefühl nicht überrollen möchte,
- ein Zeichen setzen, aber nicht plump wirken will,
- die Botschaft neu, anders und besonders gestalten möchte..

Andererseits ist es ganz leicht, denn jeder

- steckt voller Ideen,
- kann liebevolle, charmante und humorvolle Liebeserklärungen entwickeln,
- kann den für sich besten Weg finden.

Wie es funktioniert, wird genau beschrieben

Keine Angst, dies ist kein Benimmbuch mit erhobenem Zeigefinger. Viel eher ein Buch über »Verpackungstechnik« mit Tips und Tricks, seine Gefühle zu versenden. Egal, ob man jemanden kennenlernen möchte oder die/den andere/n schon erobert hat. Vom einfachen geraden Weg bis zur ausgefeilten Strategie werden Anregungen gegeben zum Nach-, Weiter- und Bessermachen. Denn am Ende zählt nur eins: Es soll funken, wenn man wieder mal die richtige Wellenlänge sucht.

1. ANGRIFF AUF DEN ROSENKAVALIER

Du hast es wirklich satt! Kannst diese altmodischen Liebeserklärungen nicht mehr ausstehen: rote Rosen schenken, schwülstige Liebesbriefe schreiben oder kitschig klingende Gedichte verfassen. Das ist wirklich nicht dein Ding. Zu Opas Zeiten mag das zwar die heiße Nummer gewesen sein. Aber heute kann man damit nicht mehr landen.

Die Zeiten haben sich geändert. Man muß nicht mehr auf Rosenkavalier mimen und zunächst der Familie gefallen, um der Angebeteten dann den Hof machen zu dürfen. Keine umständlichen Liebesbeteuerungen, um die Dame zum Tanz auszuführen. – Die alte Benimmschule ist geschlossen. Kein Grund mehr, an der Eintönigkeit verkalkter Konventionen festzuhalten.

Gegen Liebeserklärungen selbst ist ja gar nichts einzuwenden. Jeder möchte sein Gefühl ausdrücken, Wärme vermitteln, mit Worten streicheln oder eine zärtliche Geste zeigen. Der Wunsch, sich mitzuteilen, ist geblieben – nur nicht in diesem starren Korsett der klassischen Liebessprache.

Keinen Formzwang mehr und keine Vorschriften! Wie man sein Gefühl verpackt, ist die eigene Entscheidung. Ob mit Humor, Phantasie oder Raffinesse, ob trickreich, dreist oder deftig. Tausend Möglichkeiten stehen offen, seinen persönlichen Stil zu finden. Schmeiß den alten Standard über Bord.

2. LIEBESERKLÄRUNG MIT PFIFF

Es hat nichts mit Anmachen zu tun und auch nichts mit schnarchigen Liebesbriefen aus vergangenen Zeiten. Vielmehr geht es um eine originelle Sprache, mit der man sein Gefühl ausdrücken kann.

Eine Sprache, die

- neu ist, auffällt und anders als der Standard ist,
- jeder benutzen kann, da sie keine besonderen Fähigkeiten voraussetzt,
- nicht typisch männlich oder weiblich, sondern ganz einfach menschlich ist,
- jung, frisch und lebendig ist,
- sowohl für Freundschaft, Beziehung wie Ehe geeignet ist,
- einem erlaubt, jedes Gefühl auszudrücken und nicht nur «ich liebe dich« zu sagen,
- das Gefühl beschreibt und gleichzeitig unterhaltend ist,
- man selbst beliebig variieren kann, um seine ganz persönliche Note zu gestalten.

Das einzige, was man braucht, ist Lust, einen anderen Weg zu gehen, und Neugier, seinen eigenen Stil zu finden.

3. MIT PHANTASIE ZUM ZIEL

Verdammt, kaum bringt man sein Gefühl aufs Papier, hört es sich kitschig und belanglos an. Man hat den Eindruck, schon tausendmal wurden dieselben Worte gesagt. Aber es soll nicht albern, abgedroschen oder altmodisch klingen. Schließlich ist das, was man für den anderen empfindet, etwas Besonderes. Wie drückt man das bloß am besten aus?
Kreativität ist angesagt.
Sag es originell auf deine eigene Weise.
Wähl' eine andere, ungewohnte Form. Bau eine kleine Überraschung ein. Mach es plastisch, lebendig und triff den Nerv.
Jeder ist kreativ. Auch wenn der eine vielleicht talentierter als der andere ist, hat jeder Phantasie. Manchmal ist es nur eine Frage des Zeitpunktes oder der richtigen Tätigkeit. Wann man am einfallsreichsten ist, weiß jeder selbst am besten. Ob beim Duschen, Biertrinken oder Musikhören, Hauptsache die Ideen sprudeln. Und selbst, wenn es aus dem Bauch heraus nicht klappt, kann man sich etwas Originelles ausdenken.
Einfach für seine Liebeserklärung eine unübliche Mitteilungsform wählen. Zum Beispiel seine Botschaft verschlüsseln und im Morsealphabet notieren. Oder ein Kreuzworträtsel erfinden, das als Lösung die zärtliche Nachricht enthält. Oder den Text mit ausgeschnittenen Zeitungsbuchstaben schreiben und ihn wie einen Drohbrief erscheinen lassen. Vielleicht auch eine Collage anfertigen oder eine Tonbandkassette besprechen.
Fest steht, jeder besitzt genügend Phantasie und hat Talent zu originellen Liebeserklärungen. Auch wenn man es sich selbst vielleicht nicht zutraut, lassen sich eimerweise neue Ideen finden. Was am Ende den eigenen Geschmack am besten trifft, entscheidet jeder selbst. Keine Scheu, der Erfolg wird einem Recht geben.

4. REIF FÜRS THEATER

Du bist höllisch nervös. Dein Puls schlägt wie ein Preßlufthammer. Verdammtes Lampenfieber. Dabei hast du dir alles genau vorgestellt. Zig mal die Situation in Gedanken durchlebt, Ort und Zeitpunkt genau geprüft, sämtliche möglichen Reaktionen bedacht.

Wenn sie aus dem Unigebäude kommt, willst du sie ansprechen. Sie fragen, ob sie Lust hat, mit dir zusammen in das neue Theaterstück zu gehen. – Was aber, wenn du sie im falschen Moment erwischt, sie nicht allein ist oder womöglich aus einer Laune heraus »nein« sagt? Dann ist die Chance verspielt, und in der nächsten Woche brauchst du sie gar nicht erst wieder zu fragen...

Es geht auch anders. Die Ausgangssituation bleibt die gleiche. Nur macht man diesmal seinen Erfolg nicht von einem einzelnen Moment abhängig. Statt des direkten Ansprechens wird eine originelle Variante gewählt.

Ohne Absender stellt man ihr einen Briefumschlag zu. Im Innern befindet sich eine numerierte Platzkarte für das gewünschte Theaterstück und ein Begleitzettel mit der Nachricht:

»Ich denke mir, daß du vielleicht Spaß hast, die neue Aufführung mit mir gemeinsam zu sehen.

gez. Dein rechter Platznachbar«

Es versteht sich, daß nicht mit Namen unterzeichnet wird. Denn der Witz ist natürlich, daß man als Absender unerkannt bleibt.

Die Chancen stehen neun zu eins, daß sie ins Theater kommt. Viel zu groß ist die Neugier, rauszufinden, wer diese Idee ausgeheckt hat.

Schon bevor der gemeinsame Abend beginnt und man als der rechte Platznachbar enttarnt wird, wurden Pluspunkte gesammelt. Hat dieser Brief doch persönlichen Witz und Charme

gezeigt. Daß man sich Mühe gegeben hat und sich etwas hat einfallen lassen, ist offensichtlich. Schließlich ist es einem gelungen, aus einer gewöhnlichen Einladung ins Theater etwas Besonderes zu machen. Ihr Interesse ist gewonnen.
Warum es klappt?
Weil man auf geschickte Weise seine Erfolgschancen erhöht hat. Diese Form läßt ihr Zeit zu reagieren, und sie muß sich nicht wie bei einer mündlichen Einladung sofort entscheiden. Kein Risiko, sie in einem falschen Moment zu erwischen. Auch die eigene Nervosität kann die Sache nicht verpatzen. Außerdem erinnert der Brief sie an das bevorstehende Ereignis, während ein flüchtiges Gespräch schnell vergessen sein kann. Schon wegen der Verschleierung des Absenders denkt sie doppelt über die Einladung nach. Bei einem solchen Anfang verspricht der Theaterbesuch interessant zu werden. Denn diese Einladung ist alles andere als Standard. Deshalb kommt sie ins Theater, garantiert.
Natürlich funktioniert diese Methode genauso gut bei Musikkonzerten oder Kinoaufführungen. Einzige Bedingung ist, die Sitze müssen numeriert sein.
Originalität ist also nicht an den Inhalt der Mitteilung gebunden. Wenn man schon eine simple Theatereinladung attraktiv gestalten kann, dann erst recht eine Liebeserklärung.
Strebt man nun eine Liebeserklärung im wörtlichen Sinn an oder eine liebevolle Geste in einer Freundschaft? Will man das Gefühl des anderen bestätigen, verstärken oder erst gewinnen? Egal, was die Absicht ist, in jedem Fall läßt sich eine pfiffige Liebeserklärung finden.

5. LIEBESERKLÄRUNGEN IN 3D

Elf Uhr morgens im Großraumbüro. Ein Kurierbote erscheint mit einem riesigen Karton in der Tür und fragt nach Fräulein Möbitz.

Er stellt das einem Umzugskarton ähnliche Paket auf den Schreibtisch. Staunen unter den Kollegen, Fragezeichen in den Gesichtern. Mit Neugier wird der Karton geöffnet.

Darin sind sechs Luftballons zu voller Größe aufgeblasen. Auf jedem einzelnen steht mit Filzstift ein Wort geschrieben. Im Zusammenhang gelesen, ergibt sich der Satz: *»Ich bin fürchterlich verknallt in Dich!«* Und auf dem Boden des Kartons liegt noch ein Zettel mit der Mitteilung: *»Diese Nachricht lag mir schon lange am Herzen. Da mußte ich halt dringend einmal Luft ablassen und es Dir sagen...«*

Ein sicherer Erfolg mit weitaus größerer Wirkung als phantasielos 25 rote Rosen für 60 Mark per Fleurop zu versenden.

Natürlich kann man den Karton auch mit der Post verschicken und einen anderen Text für die bunte Ballonbotschaft (BBB) nutzen. Je nach Zielsetzung könnten dies zum Beispiel Mitteilungen sein wie:

»Mir geht die Luft aus, wenn wir uns nicht bald wiedersehen.«

»Nach dem Aufblasen dieser Ballons ist mir die Puste ausgegangen. Erbitte schnellstens Mund-zu-Mund-Beatmung.«

»Wollen wir diese eingesperrten Ballons heute abend gemeinsam in die freie Wildbahn entlassen?«

»Dies ist ein leichter Versuch, Dich zum Essen einzuladen.«

Kopfbedeckung mit Herz

Ebenfalls in einem Karton verschickt man einen echten Hut. Um die Spannung zu erhöhen, ist der Begleitzettel diesmal nicht sofort zu finden. Er steckt zusammengefaltet unter dem Hutband. Darauf steht die Auflösung des Rätsels mit den Worten: *»Du bist genau meine Hutnummer. Und glaub' ja nie, daß ich unsere Beziehung für einen alten Hut halte...«*.

Strandgut

In eine kleine, mit Watte gefüllte Schmuckschachtel legt man eine vorher präparierte Muschel. Anschließend läßt man das Geschenk in einem vornehmen Juweliergeschäft verpacken. Der Firmenaufkleber und die elegante Aufmachung verstärken den Eindruck, daß sich im Päckchen etwas Wertvolles befinden muß. Erst beim Öffnen der mit Tesafilm verschlossenen Muschel wird der Sinn des Geschenkes klar. Dann nämlich wird ein kleiner Zettel entdeckt mit der Nachricht: *»Meine schönste Perle bist Du!«*

Auf Magnetband

Wie wäre es, ihr oder ihm kommentarlos eine Tonbandkassette im Briefumschlag zu schicken. Darauf ist die eigene Stimme zu hören mit der Ansage: *»Spannung! Spannung! Spannung! Was kommt jetzt? Ein Werbetext, ein Diktat oder eine Einkaufsliste? Weder noch. Es ist einfach nur eine kleine, klitze kleine Botschaft an Dich: Ich liebe Dich.«*

Aber auch eine ungewöhnliche Kinoeinladung ließe sich auf diese Weise aussprechen, wenn man seine Ansage im Erpresserstil formuliert: *»Nehmen Sie genau um 18:07 Uhr den 191er Bus in Richtung Barmbek. Am Kellinghusen Bahnhof steigen Sie um in die U-Bahn Linie 2. Fahren Sie bis Gänsemarkt. Dann gehen Sie langsam auf der linken Straßenseite zum UFA-Kino und warten, bis ich Sie anspreche. Keine Zicken und keine Polizei. Und kommen Sie auf jeden Fall allein! Denken Sie daran: Ich habe Ihre Karten in der Hand.«*

Gut geködert

In dem Briefumschlag befindet sich eine Mausefalle. Auf der Unterseite klebt ein Zettel mit der Mitteilung: *»Es ist schön, Dir auf den Leim gegangen zu sein...«*

Überirdisch

Auf dem Briefbogen kleben lauter bunte Wattebäuschchen, wie sie zum Abschminken benutzt werden. Am Rand steht: *»Es ist ein himmlisches Vergnügen, mit Dir zusammen zu sein...«*

Die Knuspernuß

Aus einem Beutel ungeschälter Erdnüsse sucht man sich ein besonders schönes Exemplar heraus. Vorsichtig werden mit einer Rasierklinge die beiden Schalenhälften an der Naht getrennt. Die Erdnüsse entfernt man und legt statt dessen seinen sorgsam aufgerollten Mini-Liebesbrief hinein. Anschließend verschließt man mit einem schmalen Tesa-Streifen die beiden Teile und klebt die Nußschale auf einen Briefbogen.

Unterhalb der Nuß wird auf das Papier der doppeldeutige Kommentar geschrieben: *»Daß Du mir ja nicht annimmst, mein Gefühl für Dich sei eine hohle Nuß.«* Als nächste Überraschung steht auf dem verborgenen Zettel im Innern: *»Ich möchte Dich so sanft (be)schützen wie diese Erdnußschale... (auch wenn von nirgendwo Gefahr droht).«*

Die Wortspielerei läßt sich natürlich noch weiter treiben, wie zum Beispiel mit der zusätzlichen Überschrift: *»Your absence is driving me nuts!«* (Deine Abwesenheit macht mich verrückt)«. Leider gibt es diese Redewendung nicht im Deutschen. Schließlich wird man wohl kaum sagen wollen: *»Du gehst mir auf die Nuß«.*

6. TEXTE – SCHREIB MAL WIEDER

6.1 BRIEFE, DIE VERZAUBERN

»MARKTFORSCHUNG, DIE DICH BETRIFFT
Eine aktuelle Umfrage in der Bundesrepublik ergab folgendes: Von 58 Millionen Bundesbürgern sind 29 Millionen männlich. Von diesen sind circa 15 Millionen im geschlechtsfähigen Alter und etwa acht Millionen an einer gutaussehenden Frau zwischen 16 und 35 Jahren interessiert.

- *Drei Millionen dieser Männer (Gruppe A) suchen eine dunkelhaarige Frau.*
- *Eine Million (Gruppe B) meint, ihre Traumfrau müsse rothaarig sein.*
- *Etwa vier Millionen Männer (Gruppe C) träumen von einer Blondine.*

Tatsache: Nicht nur die Gesamtheit der Gruppe C würde ausrasten, wenn sie Dich kennen würde. Mit absoluter Sicherheit (statistisch hochsignifikanter Wahrscheinlichkeit) würden ebenso Großteile der Gruppen A und B plötzlich ihre Idealbilder über Bord werfen.
Fazit: Wie gut, daß Dich nicht alle kennen und ich nicht mit diesen Millionen von Männern konkurrieren muß.«

Es ist die Erzählweise, mit der man spielt und sein Gefühl verpackt. Denn eine Liebeserklärung ist wie ein Geschenk, das man ja auch nicht unverpackt über den Tisch schiebt mit den Worten: »Da, das ist für dich.« Das Geschenkpapier, das Auspacken und die Neugier auf die Überraschung machen einen Großteil der Freude aus.

Für Gourmets

»Unseren nächsten gemeinsamen Abend möchte ich gerne mit einem Essen krönen. Extra für Dich habe ich mir das Rezept ausgedacht, das hoffentlich zu Deinem Lieblingsgericht wird.

Man nehme reichlich Vertrauen,
mische es mit genügend Aufmerksamkeit,
durchsetze es mit vielseitigen liebevollen Gesten,
füge große Mengen an Zärtlichkeit hinzu,
reichere es an mit gleichen Anteilen
Unterhaltung, Geduld und Verständnis,
würze es mit pikantem Sex
und überschütte das ganze mit viel Humor.
Serviert wird es frisch und heiß.«

Natürlich läßt sich die Kochrezept-Idee auch anders gestalten, zum Beispiel als Einladung. Dann kopiert man ein echtes Kochrezept und schreibt dazu: *»Ich habe zwar noch nie ›Boeuf Bouillion‹ gekocht, aber mit Dir zusammen würde ich es gerne einmal probieren. Hast Du Lust? Bitte bring die angekreuzten Zutaten mit und mach Dich auf ein Abenteuer in der Küche gefaßt...«*

Kurz und knapp

»Liebster Wusch!
Ich....

...Du...

...wir...

Dein Muck«

Lottofee

»LOTTOTAG: BEKANNTGABE DER GROSSEN ZIEHUNG
Auch wenn ich kein Lotto spiele, bist Du für mich wie sechs Richtige

mit Zusatzzahl. Anläßlich dieses Hauptgewinnes plane ich eine intime Feier mit anschließender Sonderziehung. Keine Sorge, das gemeinsame Ausziehen wird unter Ausschluß der Öffentlichkeit und ohne notarielle Beaufsichtigung stattfinden...

Übrigens, wenn Du glaubst, daß ich Dich gegen Geld eintausche, hast Du auf die falschen Zahlen gesetzt.«

Formvollendet

»EINLADUNG
In aller Form und Höflichkeit
möchte ich Dich, lieber Wusch,
in mein Leben einladen. Das
Abenteuer findet täglich statt
und ist zeitlich unbegrenzt.
Bitte laß mich wissen, ob ich
mit Deinem Erscheinen rechnen
kann. Ich freue mich täglich
auf Dich.
Muck

P.S. Kein Kleidungszwang.«

Ausnahmeerscheinung

»Bei manchen Beziehungen
stimmt der Sex,
aber der Rest nicht...
kann man lachen,
aber es fehlt der Ernst...
kann man ernsthaft diskutieren,
aber es fehlt der Spaß...
kann man sich vertragen,
aber nicht streiten...
kann man aneinander glauben,
aber dem anderen nicht vertrauen...
Wie wunderbar, daß wir alles können.
Danke Dir.«

Zukunftsweisend

Wie wäre es, wenn man ein näheres Kennenlernen mit einem selbst verfaßten Horoskop ankündigt? Dabei verschickt man den maschinengeschriebenen Text mit der Post und gibt sich zunächst noch nicht als Absender zu erkennen.

»IHR PERSÖNLICHES HOROSKOP FÜR DIE KOMMENDEN 7 TAGE:

Insgesamt steht Ihnen eine erfolgreiche Woche bevor. Im BERUF kann es zwar einige Aufs und Abs geben, aber Probleme werden Sie geschickt zu umgehen wissen. Am Ende der Woche könnten einige GELDsorgen auftreten. Seien Sie daher vorsichtig mit größeren Ausgaben. GESUNDHEITlich werden Sie konstant auf der Höhe sein. In HERZensangelegenheiten sieht es außerordentlich gut aus. Jemand Bekanntes wird in Ihr Leben treten. Es liegt an Ihnen, was Sie daraus machen. Seien Sie unbedingt offen gegenüber Einladungen, die am Donnerstag ausgesprochen werden. Dies ist Ihr GLÜCKSTAG!«

Die Vorarbeit ist geleistet. Prompt kommt am Donnerstag ein zweiter Brief, der die eigentliche Frage stellt: *»Gehen wir am Freitag zusammen ins Kino?«* Und diesmal unterschreibt man natürlich mit Namen. Wetten, daß es klappt...

Was gedruckt ist, stimmt

»JETZT STEHT ES SCHON IM LEXIKON
RIEKE [Rike]: 1) deutsch, Abkürzung für Friederike; besonders beliebter weiblicher Vorname der 50er Jahre, 2) Friederike Heckel: am 18.7.1962 geboren, besonders liebevolle Frau, Ausnahmeerscheinung mit den wertvollen Eigenschaften Intelligenz, Humor, Temperament und Lebensfreude. Traumfrau eines gewissen Thomas B., der Zeit seines Lebens auf F.H. gewartet hat, ohne von ihrer Existenz zuvor gewußt zu haben. Seit der ersten Begegnung der beiden schwebt Thomas B. auf Wolken.«

Engpaß

»Sehr verehrte gnädige Frau!
So geht es nicht! Bereits zum wiederholten Mal haben Sie sich des nachts rücklinks Herrn B. genähert und auf höchst unliebsame Weise wertvollen Platz auf der Matratze für sich in Anspruch genommen. Dieses außerordentlich egoistische Verhalten kann nicht länger geduldet werden. Herr B. braucht seinen Schlaf und eine Liegefläche von mindestens 200 cm in der Länge und 50 cm in der Breite.
Damit wir uns richtig verstehen: Eine zärtliche oder sexuelle Annäherung ist stets willkommen. Aber bitte unterlassen Sie zukünftig jedweden Versuch, Herrn B. von der Matratze zu schubsen. Andernfalls

sehe ich mich genötigt, Ihnen den morgentlichen Orangensaft zu entziehen.
In sehnsüchtiger Umarmung und mit deutlich sichtbarer Hochachtung!«

6.2 Büro ohne Tabu

Das Telefon klingelt. »Hier ist die Rezeption. Gerade wurde ein Telegramm abgegeben für einen Herrn Hasso. Ich kenne niemanden in der Firma mit dem Namen. Aber ihr Dackel heißt doch Hasso. Ich nehme daher an, daß dieses Telegramm für sie bestimmt ist...«
»Sehr geehrter Herr Hasso! Ich verehre Sie als Dackel. Sie sind ein prächtiger Hund. Bitte nicht eifersüchtig werden. Habe mich in Ihre Herrin verguckt. Möchte bissige Auseinandersetzungen unbedingt vermeiden. Erbitte Friedenspakt. Biete regelmäßige Zuteilungen Ihres bevorzugten Hundefutters der Marke Schmackus an...«

Das Büro ist ein Ort der Pflicht. Entsprechend ist das Klima dort. Selbst wenn zwischen Vorgesetzten und Angestellten ein gutes Verhältnis herrscht, steht die Arbeit doch im Vordergrund. Daher sind Gefühlsbotschaften am Arbeitsplatz untypisch. Und gerade weil es hier am wenigsten erwartet wird, kann man am meisten überraschen.
Vieles aus dem Geschäftsalltag läßt sich für Liebeserklärungen verwenden. An Geräten stehen Kopierer, Schreibmaschine und Computer zur Verfügung. Für die Korrespondenz gibt es Fernschreiber und Telekopierer. Außerdem hat man noch eine Hauspost und

Büromittel wie Telefonzettel und Geschäftspapier. Damit läßt sich eine Menge machen.

Mikroskopisch

»Ist es auch noch so klein geschrieben, so ist und bleibt es doch das Größte, was ich besitze: Deine Liebe,
Dein Vertrauen,
Unsere Zukunft.

Selbstjustiz

Auf den Schreibtisch flattert ein knallroter Briefumschlag, wie er üblicherweise für Fernschreiben benutzt wird. Drinnen liegt der Durchschlag eines Telex mit dem Stempelaufdruck »zur Kenntnis«. Alles deutet auf die Kopie einer normalen Geschäftskorrespondenz hin. Doch in Wirklichkeit ist es nur die Tarnung für einen Liebesbrief. Um sein Fernschreiben möglichst echt erscheinen zu lassen, hat man den Text selbst an der Telexmaschine getippt...

MCI International

STRENG VERTRAULICH!!! DRINGEND!!!SOFORT WEITERLEITEN!!!

ZUR KENNTNIS FRAU RIEKE H.

LIEBER THOMAS B.,
ES SCHEINT MIR AN DER ZEIT ZU SEIN, DIR EINMAL DRINGEND KLARZU-
MACHEN, WIE GLUECKLICH DU SEIN KANNST, MIT RIEKE ZUSAMMEN ZU SEIN.
DU WEISST GENAU, DASS DU NICHT IMMER LEICHT ZU HANDHABEN BIST.
MANCHMAL HAST DU DEINE MACKEN, BIST LAUNISCH, UNGERECHT, UNFAIR,
DOMINIEREND UND NICHT AUSZUSTEHEN. DAS IST ALLES OKAY, SOLANGE DU
EINES IM AUGE BEHAELST: SORGE DAFUER, DASS RIEKE SICH STETS MIT
DIR WOHL FUEHLT. DENN, WENN DU ES MIT IHR VERSPIELST, IST ES ZU
SPAET, UND DANN KRIEGST DU EINE MENGE AERGER MIT MIR! JEMANDEN SO
TOLLES WIE RIEKE FINDEST DU NICHT WIEDER. VERGISS DAS NICHT! HAST
DU MICH VERSTANDEN? ALSO PASS GEFAELLIGST AUF, SONST SETZT ES WAS!
MIT ERMAHNENDEN GRUESSEN!
DEIN GEWISSEN

Anschlagübung

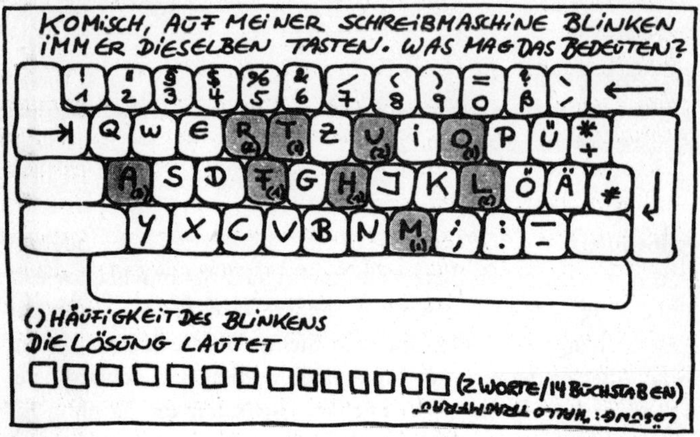

Hilfegesuch

(Auf Geschäftspapier mit Firmenemblem geschrieben)

»VERTRAULICH

Betrifft: Leistungen unseres Mitarbeiters Thomas B.

Sehr geehrte Frau H.

Wir bedauern es, Sie als Privatperson mit einer Geschäftsangelegenheit belästigen zu müssen. Jedoch macht die aktuelle Situation es leider absolut notwendig, sich an Sie zu wenden.

Einer unserer talentierten Mitarbeiter, Herr Thomas B. ist in außerordentlich positiver Verfassung. Nicht allein die Tatsache, daß er allgemein eine sehr gute Entwicklung macht. Ganz besonders in den letzten drei Wochen hat er mit außerordentlichen Leistungen zum Erfolg der Firma beigetragen. In seiner augenblicklichen Verfassung gehen seine Leistungen weit über das Erwartete hinaus. Wir sehen in Herrn

B. einen wesentlichen Leistungsträger für unseren zukünftigen Markterfolg.

Wir möchten Sie hiermit dringend um Ihre persönliche Unterstützung bitten.

Bitte bleiben Sie mit Herrn B. zusammen. Sie haben einen wesentlichen Einfluß auf ihn. Das Wohlbefinden, das Sie ihm vermitteln, scheint die Leistungsfähigkeit unseres Kollegen deutlich zu steigern. Ganz besonders für Aktivitäten im Neugeschäft möchten wir nicht auf diesen »jungen Löwen« verzichten.

Wir sind sicher, daß sich Ihr Bemühen auszahlen wird. Zugegeben, Herr B. neigt zu Ungeduld und reagiert manchmal übereilt. Aber er ist definitiv fähig, sich zu bessern. Ganz ehrlich, er ist ein wirklich netter Kerl. Und Sie, verehrte Frau H., ermöglichen ihm eine sehr angenehme Zeit.

Zu Ihrer Information, unsere Firma ist weltweit die viertgrößte in der Branche mit Niederlassungen in 45 Ländern. Sollte dies für Sie kein Gewicht haben, so verstehen Sie mein Anliegen als eine persönliche Bitte.

Mit freundlichen Grüßen und vorzüglicher Hochachtung.

Präsident *Vorsitzender der Geschäftsleitung«*

7. MAL GANZ ANDERE SCHREIBUNTERLAGEN

Auf dem Tisch steht eine Flasche Sekt, in Geschenkpapier verpackt und mit einer großen Schleife versehen. Am Flaschenhals hängt ein Kärtchen mit den Instruktionen: *»In vino veritas – im Wein ist die Wahrheit. Das wirst Du selbst feststellen, sobald Du den Sekt ausgetrunken hast und auf den Flaschenboden siehst...«*

Der Trick ist, im Sekt schwimmt ein kleines verschlossenes Glasröhrchen, das man von Parfümproben kennt. Darin steckt ein aufgerollter Zettel. Tatsächlich gibt es keine Chance, an die Flaschenpost zu kommen, ohne den Sekt zuvor zu leeren. (Jemand, der etwas von Physik versteht, kann dieses Phänomen sicher erklären).

Auf der kleinen Botschaft steht: *»Wenn Du wissen willst, wie ich unsere Beziehung finde, denk' an den Sekt: prickelnd und aufregend.«*

Die Nachricht könnte natürlich auch anders lauten: *»Dies ist nur ein Vorgeschmack. Am Freitag sind meine Eltern weg. Wollen wir gemeinsam ihren Weinkeller plündern?«* oder *»Ein Sektbad kann ich zwar nicht bieten, aber wie wäre es mit Schaumbad, Rotwein und Kerzenlicht?«*

Übrigens, um das präparierte Röhrchen in die Flasche zu bekommen, muß man kurz die Silberbanderole ablösen und die Flasche öffnen. Aber Achtung, es muß ein preiswerter Sekt mit Plastikverschluß sein. Sonst läßt sich der Korken nicht wieder in die Flasche drücken.

Der erste Eindruck war also falsch. Nicht die Flasche Sekt war das Geschenk, sondern die kleine Botschaft.

Mit Absicht macht man es dem anderen ein wenig schwer, ver-

packt seine Nachricht spielerisch in eine ungewohnte Hülle. Der Partner muß ein wenig um die Ecke denken, bis er die eigentliche Botschaft begreift. Umso größer ist nachher die Überraschung.
Bei der Ideensuche ist die Frage, wie man die Liebeserklärung als Ganzes möglichst raffiniert gestalten kann. Wie zum Beispiel läßt sich das Große eines Gefühls darstellen, ein Glücksgefühl, Zufriedenheit, Wärme oder Freude?

In der Patrone

Das Geschenk ist eine Plastikdose für einen Kleinbildfilm. Darin befindet sich eine echte Filmpatrone mit dem Hinweis: *»Dies ist der ideale Film. Du kannst ihn weder über- noch unterbelichten. Denn er ist bereits entwickelt und bleibt, wie er ist. Und alles nur, damit Du das richtige Bild von mir bekommst.«*
Was soll denn das? Mit dem Kommentar kann ich gar nichts anfangen. Ist das nun eine Attrappe oder ein echter Film? Was ist der Sinn, der dahinter steckt? Wieso heißt es auf dem Zettel, der Film sei schon entwickelt? Er steckt doch noch in der Patrone. Da muß ja wohl irgend etwas auf dem Celluloitstreifen sein. Ich werde mal vorsichtig den Filmstreifen rausziehen...
Das etwa dürfte der Person durch den Kopf gehen, die man mit diesem Liebesbrief beschenkt. Die Überraschung kommt nämlich am Ende, wenn das letzte Stück Film mit der eingeritzten Botschaft sichtbar wird: *»Du, mein Lichtblick.«*

Ereignisfeld
Mit großer Schrift steht oben auf dem Briefbogen zu lesen: *»Weder Spielkarte noch Kreditkarte und trotzdem passiert etwas...«* In der Mitte klebt mit Tesafilm eine rote Karte. Aufschrift: *»Ereigniskarte«*. Auf der Rückseite steht der Text: *»Rücke vor bis zur Rothenbaumchaussee 83. Gehe um 20 Uhr in den 2.Stock. Mache Dich auf ein nettes Abendessen gefaßt. Begib Dich direkt dort hin. Ziehe keine Alternativangebote ein. – Bei Zuwiderhandlung gibt's die Gefängniskarte.«*

Aus dem Rahmen
Von einer Rolle Packpapier schneidet man einen drei Meter langen Streifen Papier ab. Am Anfang des Bogens wird mit riesigen Buchstaben der Schriftzug gemalt *»MAKE IT BIG«*. Die restliche Fläche bleibt unbeschriftet bis auf eine Ausnahme. Ganz am Ende des Bogens schreibt man ganz klein: *»Ich habe ein riesiges Gefühl für Dich«*.

Trumpfkarte

Himmlisches Glück

Wie wäre es mit einer Art Sternschnuppen-Brief. Man verschenkt einen aus gelbem Papier gebastelten Stern mit Schweif. An einer nicht sofort sichtbaren Stelle notiert man die Botschaft: *»Immer schon war es mein Traum, einen Stern vom Himmel zu holen. Doch nie hätte ich zu wünschen gewagt, sogar eine Sternschnuppe einzufangen.«*

Treffer

Im Briefumschlag liegt nichts weiter als ein drei Zentimeter breiter gelber Papierstreifen. Der Streifen ist mehrmals zusammengefaltet und insgesamt etwa drei Meter lang. Am Papieranfang steht eine Nachricht: *»Wieder ein neues Rätsel aus der beliebten Serie 'verklausulierte Botschaften des Alltags'. Nun, um was handelt es sich heute? Ist dies ein Stirnband? – Nein, zwar bist Du manchmal ein Dickkopf, aber diese Ausmaße hat Dein Schädel nun auch wieder nicht. Vor allem, was will der Dichter uns damit sagen? Die Antwort wirst Du schon finden, spätestens am Ende...«*

Dann folgen circa zwei Meter Papier, unbeschrieben und strahlend gelb. Erst am Ende des Streifens steht der Rest der Botschaft zu lesen: *»Du bist ein Sonnenstrahl in meinem Herzen.«*

Ein Tip für die Herstellung: Einen DIN A 4 Bogen von beiden Seiten mit einem gelben Textmarker anmalen, Papier gleichmäßig in Streifen schneiden und mit Tesafilm verbinden.

8. ZEICHNUNGEN – MIT FILZSTIFT, FARBE, PHANTASIE

8.1 STRICHMÄNNCHEN ALS LIEBESBOTEN

»Es ist wirklich zu schade, daß Du keine Ägyptische Tempelschrift lesen kannst. Denn leider habe ich die Übersetzung verlegt. Aber vielleicht verstehst Du ja in etwa den Sinn der seltsamen Zeichen...«

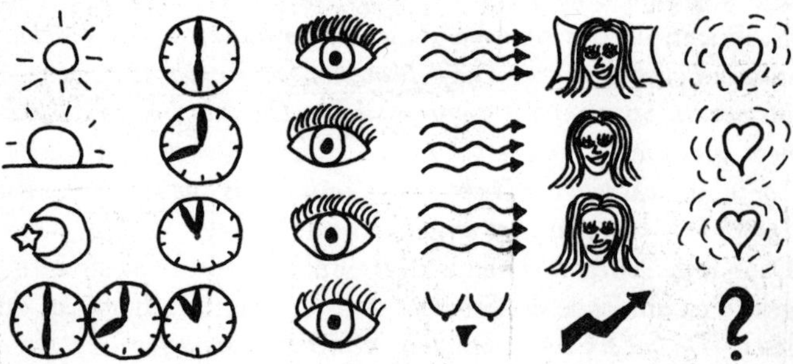

Zeichnungen haben einen ganz besonderen Reiz. Ein Text kann den Eindruck vermitteln, abgekupfert zu sein. Eine Zeichnung dagegen ist ohne Zweifel selbstgemacht.

Wie gut die Zeichnung ist, spielt keine Rolle. Auch wenn man kein Könner oder Künstler ist, kann eine gezeichnete Liebesbotschaft sehr charmant und witzig sein. Gleichgültig, ob man Strichmännchen, Kinderbilder oder nur Abstraktes malen kann. Allein auf die Idee kommt es an. Manche Gedanken lassen sich sogar viel besser bildlich darstellen. Denn häufig denken, träumen und fühlen wir in Bildern. In jedem Fall aber ist die Zeichnung eine persönliche Note und etwas fürs Auge.

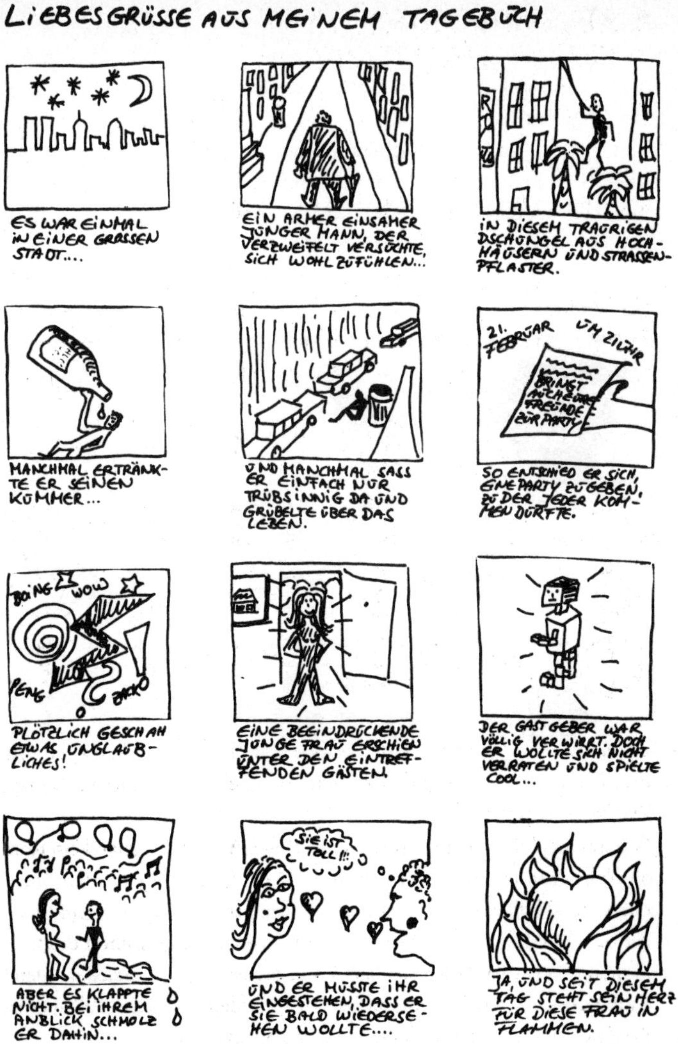
LIEBESGRÜSSE AUS MEINEM TAGEBUCH
ES WAR EINMAL
IN EINER GROSSEN
STADT....
EIN ARMER EINSAMER
JUNGER MANN, DER
VERZWEIFELT VERSUCHTE,
SICH WOHLZUFÜHLEN...
IN DIESEM TRAURIGEN
DSCHUNGEL AUS HOCH-
HÄUSERN UND STRASSEN-
PFLASTER.
MANCHMAL ERTRÄNK-
TE ER SEINEN
KUMMER...
UND MANCHMAL SASS
ER EINFACH NUR
TRÜBSINNIG DA UND
GRÜBELTE ÜBER DAS
LEBEN.
21. FEBRUAR
SO ENTSCHIED ER SICH,
EINE PARTY ZU GEBEN,
ZU DER JEDER KOM-
MEN DURFTE.
BOING
WOW
PENG
ZACK
PLÖTZLICH GESCHAH
ETWAS UNGLAUB-
LICHES!
EINE BEEINDRUCKENDE
JUNGE FRAU ERSCHIEN
UNTER DEN EINTREF-
FENDEN GÄSTEN.
DER GASTGEBER WAR
VÖLLIG VERWIRRT. DOCH
ER WOLLTE SICH NICHT
VERRATEN UND SPIELTE
COOL...
ABER ES KLAPPTE
NICHT. BEI IHREM
ANBLICK SCHMOLZ
ER DAHIN...
SIE IST
TOLL!!!
UND ER MUSSTE IHR
EINGESTEHEN, DASS ER
SIE BALD WIEDERSE-
HEN WOLLTE....
JA, UND SEIT DIESEM
TAG STEHT SEIN HERZ
FÜR DIESE FRAU IN
FLAMMEN.

Strichmännchen haben wie Kinderbilder ihren eigenen Charme. Man braucht kein Kunsttalent dazu und kann doch mit einfachen Mitteln den Partner oder sich darstellen: langes Haar, Kräusellocken, dicker Bauch oder lange Beine.
Gerade weil es nur simple Gebilde sind, kann man damit prima verniedlichen, übertreiben oder Schwächen aufs Korn nehmen. Sogar ganze Geschichten lassen sich mit dieser Art Zeichnung erzählen, zum Beispiel als Bilderrätsel, Comic oder mit verschlüsselten Zeichensymbolen.

Spielvorschläge

Selbst Bewegungsabläufe sind mit diesen Bildern möglich. Stichwort »Taschenkino«: Ein Bündel Zettel bemalen und zusammenheften. Beim schnellen Abrollen der Seiten über den Daumen fangen die Bilder an zu laufen. Sowohl harmlos liebevolle als auch leicht deftige Liebesbotschaften lassen sich mit einem solchen Fingerkino abbilden, von streichelnden Händen bis zum Zungenkuß aus der Ferne. Der Spaß ist die Mühe wert. Bleistift anspitzen und ran ans Zeichenbrett.

Taschenkino

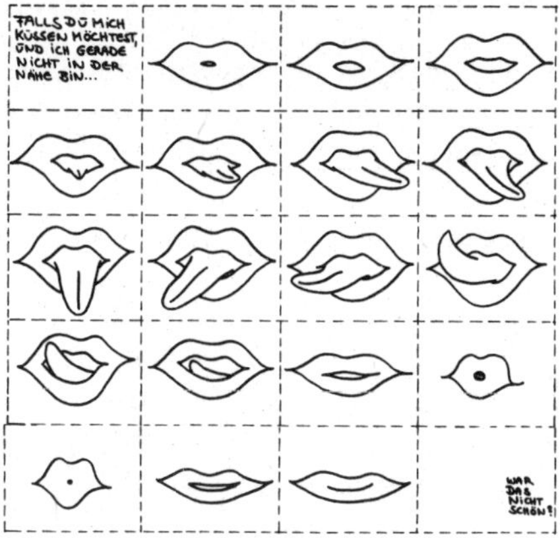

8.2 GEFÜHLSAUSBRUCH MIT BILD

Kleine Illustrationen zeigen, daß man bei aller Ernsthaftigkeit auch Humor besitzt, die Fähigkeit zum Träumen hat und noch das Kind in einem steckt.

Eine einfache Möglichkeit sind Zeichnungen zu Redewendungen oder zu Worten mit doppelter Bedeutung. Während die Zeichnung allein zunächst verwirrt, erklärt der Text anschließend den Zusammenhang.

*»Ich möchte gerne Dein ständiger **Fixpunkt** sein und nicht etwa nur eine fixe Idee. Sag mir, ob Du damit einverstanden bist, aber fix.«*

»Mein ***Herz blutet,*** *wenn ich daran denke, daß ich Dich die nächsten Tage nicht sehen kann.«*

*»Egal, was passiert, Du hast stets eine **Standleitung** zu meinem Herzen.«*

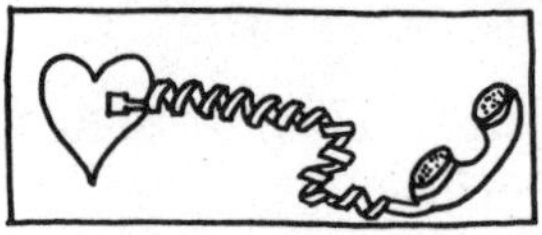

*»Ich schwebe weder auf **Wolke Sieben** noch betrachte ich Dich durch eine **rosarote Brille,** wenn ich Dir sage, daß der **Blitz** bei mir eingeschlagen hat.«*

Die Sprache ist voll von Redewendungen, die eine übertragene Bedeutung haben. Viele davon lassen sich leicht in eine Liebeserklärung einbauen, wie *»ich **hänge an Dir**...«, »ich möchte eine **tragende Rolle** in Deinem Leben spielen...«, »Du gibst mir **Halt** ..«, »...bist eine echte **Stütze**...«, »...das **A & O** für mich...«, »..mein **springender Punkt** ....«*

Vergleiche sind ein weiterer Weg, seine Liebeserklärung mit einem Bild darzustellen.

Gemeint sind Vergleiche, die das Gefühl für den anderen auf untypische Weise beschreiben. Zum Beispiel kann man eine Schneelawine zeichnen, wenn man zeigen möchte, daß die Beziehung ständig wächst. Ein Magnet dagegen würde sich eignen, um die Anziehungskraft des Partners zu verbildlichen. Und ein Wasserstrudel könnte ausdrücken, daß die volle Aufmerksamkeit auf den anderen gerichtet ist..
Bei der Suche nach passenden Bildmotiven gibt es drei verschiedene Möglichkeiten. Entweder bezieht sich die Liebeserklärung auf

- einen selbst,
- den anderen
- oder das Gemeinsame.

Keine Angst, dies wird keine theoretische Abhandlung nach dem Motto »Die vergleichende Liebeserklärung ansich und unter besonderer Berücksichtigung einer prägnanten Visualisierung«. Vielmehr soll die Einteilung ein bißchen Hilfestellung geben, um gezielt eigene Ideen zu spinnen.

VARIANTE 1

Man macht sich selbst zum Mittelpunkt der Liebeserklärung. Die Rede ist allein von den eigenen Gedanken und Empfindungen. Wie sieht man sich selbst, wie hat man sich verändert, was hat der andere in einem ausgelöst? Ist die Kernaussage festgelegt, wird dazu eine originelle Illustration gesucht.

Anziehungskraft

Die Zeichnung zeigt einen großen u-förmigen Magneten. Daran haften lauter Gegenstände wie Messer, Löffel, Nägel, Sicherheitsnadeln, Büroklammern und ein kleines Strichmännchen. Im Text darunter steht: *»Hilfe, ich bin magnetisiert und fühle mich magisch angezogen von Dir«* oder *»Eigentlich sagt man mir ja nach, daß ich die Kälte von Metall besitze. Aber von Dir fühle ich mich heiß, heftig und höllisch angezogen.«*

Folter
Das Bild zeigt einen Mann von hinten. Nur seine Umrisse sind zu erkennen. Er scheint nackt zu sein, sitzt auf einem Stuhl mit auf den Rücken gefesselten Händen. Der Hintergrund ist schwarz. Von links und rechts blenden ihn zwei gelbe Scheinwerfer. Unter der Zeichnung steht: *»Selbst eine Gehirnwäsche könnte mich nicht umstimmen: Ich liebe Dich!«* oder *»Egal, was mit mir passiert, Dich gebe ich nicht auf!«*

Einsamkeit

Konkurrenzdenken

VARIANTE 2
Die zweite Möglichkeit ist die Umkehrung der ersten Variante. Jetzt geht es um den Partner. Wie sieht man den anderen, was bedeutet er einem?

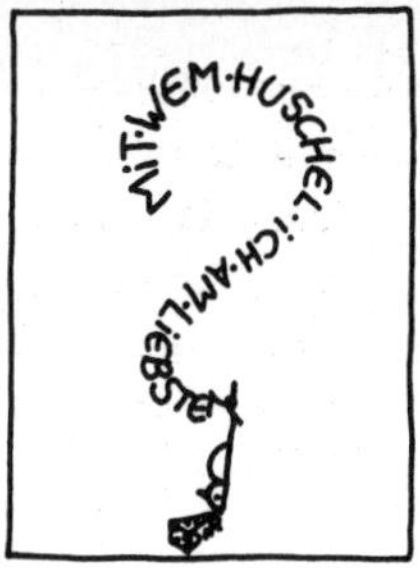

Temperatur
Die Abbildung zeigt einen überdimensional großen Heizungskörper oder Ofen. Darauf liegt eine kleine Katze, die sich gemütlich angekuschelt hat. Als Text steht zu lesen: *»Du gibst mir eine urgemütliche Wärme.«*

Windige Angelegenheit
Mit wenigen Strichen ist ein scheinbar mächtiger Wirbelsturm gezeichnet. Der Trichter des Sturmes mündet in einem kleinen Herzen. Darunter stehen die Worte: *»Der Wetterbericht hat Dein Erscheinen zwar nicht vorhergesagt, aber Du bist das erste Unwetter, über das ich mich riesig freue...«* oder *»Mir scheint, daß ich doch nicht so wetterfest bin, wie ich glaube. Denn Du hast mein Herz reichlich aufgewühlt...«*

Gefühlsbeben

VARIANTE 3

Jetzt steht das Gemeinsame im Mittelpunkt. Die Vergleiche drehen sich nur um die Beziehung. Die Rede ist von dem, was beide verbindet.

Volksmund

In vielen Märchen heißt es, daß am Ende eines Regenbogens stets ein Eimer mit Gold steht. Dieses Symbol läßt sich in eine Liebeserklärung umwandeln. Mit ein paar Buntstiften malt man einen Regenbogen, an dessen Ende natürlich ein kleiner Eimer steht. Dazu schreibt man: *»Ich kann Dir zwar keinen Eimer mit Gold versprechen..., ...dafür aber ein farbiges Leben.«*

Freiraum

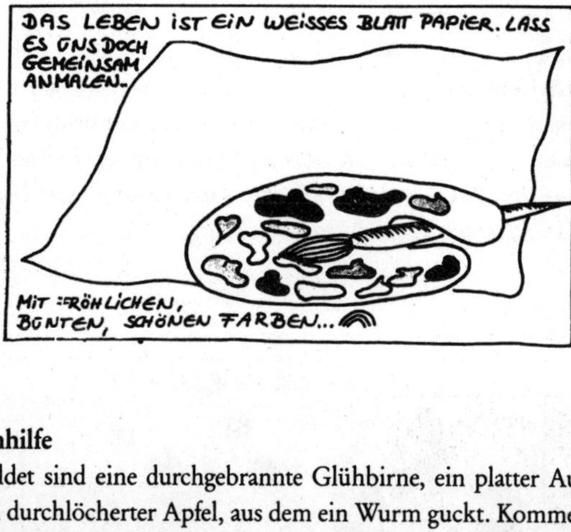

Pannenhilfe

Abgebildet sind eine durchgebrannte Glühbirne, ein platter Autoreifen und ein durchlöcherter Apfel, aus dem ein Wurm guckt. Kommentar am Rand: *»Glühbirnen muß man austauschen, kaputte Reifen auswechseln und schlechtes Obst wegwerfen. – Glaub ja nicht, daß ich Dich irgendwann aufgebe. Denn unsere Beziehung ist nicht austauschbar.«*

Lebenslinie

Zukunftsperspektive

In der Mitte ist eine simple Schultüte gezeichnet. Darunter steht zu lesen: *»Falls Du es noch nicht weißt, unsere Beziehung ist eine wahre Wundertüte. – Was drin war, weißt Du in 40 Jahren. Solange wirst Du Dich ja wohl in Geduld fassen können. Oder?«*

Baum ab – nein danke

»Dieser Baum ist wie unsere Beziehung
– voller Früchte und kräftig genug,
um hundert Jahre alt zu werden.
Laß uns seine Pflege nie aus den
Augen verlieren.«

ICH MÖCHTE
GERNE EINE FAMILIE
MIT DIR GRÜNDEN

9. SCHERE, KLEBER, SCHNIPPELBOGEN

9.1 GEBASTELTE ZÄRTLICHKEITEN

»Guten Morgen, ich habe ein Ticket reservieren lassen für den Neun-Uhr-Flieger nach Frankfurt. Rückflug heute Abend um Acht.« Die junge Dame am Lufthansa-Schalter schaut in ihren Unterlagen nach und fischt das Ticket heraus. »Ja, da hab' ich es. Können Sie bitte hier unterschreiben und den Empfang bestätigen? – Ach, und dann habe ich noch eine Lieferung für sie. Vor etwa einer halben Stunde hat eine junge Dame dieses Päckchen vorbeigebracht und für sie hinterlegt.«
Der Blick fällt auf ein rundes Päckchen mit der handgeschriebenen Nachricht: *»Bitte erst im Flugzeug öffnen. Kuß Rieke.«*
Mit ein paar Handgriffen wird dann im Flieger das Packpapier entfernt. Es ist eine kleine Dose mit deinen dänischen Lieblingsbonbons. – Eine wirklich süße Idee von ihr.
Du drehst am Deckel und öffnest die Dose. Plötzlich fliegt dir etwas entgegen, und du spürst etwas Weiches im Gesicht. Ein entsetzter Blick kommt vom rechten Nachbarn und der bissige Kommentar von links: »Was ist denn das für eine Sauerei? Können sie ihre Kindereien nicht zu Hause machen?«
Über die ganze Sitzreihe verstreut liegen Konfettischnipsel. Hunderte von diesen bunten Papierstücken sind verteilt auf Fußboden, Ablagetisch und Anzug.
Schmunzelnd schaust du in die Bonbondose und betrachtest die Reste der Konfettibombe. Die Sprungfeder, die vom Deckel zusammengedrückt war und beim Öffnen die Schnipsel hoch geschleudert hatte, hängt ausgedehnt über den Dosenrand. Vor deinen Füßen liegt eine Pappscheibe. Sie muß die Papierschnipsel gehalten haben. Beim Aufsammeln entdeckst du auf der Rückseite eine Notiz: »Dich zu lieben, ist ein Fest. Viel Glück bei den Verhandlungen in Frankfurt. *Kuß Rieke.«*

Mit Bierernst betrachtet, wird man dieser Liebeserklärung natürlich nur wenig abgewinnen können. Doch gerade die Leichtigkeit, gekoppelt mit ein bißchen Verrücktheit, macht den Charme aus.
Mit kleinen Basteleien bekommt die Liebeserklärung auf einmal eine dritte Dimension. Das Gefühl wirkt lebendig, weil die umgesetzte Idee anfaßbar ist.
Um kindliche Freude beim anderen auszulösen, muß man selbst wie ein Kind denken. Deshalb ist zunächst die Frage, an welche Basteleien man sich aus der eigenen Kindheit erinnert. Der nächste Schritt ist dann, den Spaß zuzuspitzen auf die persönliche Aussage. Schließlich soll die Bastelei lediglich eine ungewöhnliche Form der Mitteilung sein.

Leicht abgelenkt

(gebastelt aus Pfeifenreinigern)

Gordischer Knoten

Ein Stück Paketschnur mit einem Knoten in der Mitte klebt auf einen knallroten Notizzettel. In kleiner Schrift steht am Papierrand geschrieben: *»Ich hoffe, daß Du nicht die Geduld verlierst, wenn es mal gemeinsame Probleme zu lösen gibt.«*

Verschachtelt
Aus zehn bunten Bögen werden unterschiedlich große Quadrate geschnitten und übereinander auf einen Briefbogen geklebt. Die Quadrate faltet man dann so ineinander, daß jeder Bogen den vorherigen umschließt. Erst wenn der Partner alle Quadrate entblättert hat, wird der Kern entdeckt: *»Wie auch immer Du es verpackst, es bleibt dasselbe; ich liebe Dich!«*

Aufwind
Auf dem Bogen Papier steht: *»Tausend Drachen möchte ich mit Dir steigen lassen... und noch viel mehr.«* Die kleine Überraschung ist nun, daß an dem Papier mit einem Zwirnfaden ein Miniatur-Drachen befestigt ist. Er ist aus Streichhölzern, Pergamentpapier und bunten Papierschleifen gebastelt. – Natürlich kann man auch einen echten Drachen verschenken und damit gleich den Wunsch verbinden, ihn am nächsten Wochenende gemeinsam steigen zu lassen.

Identitätsnachweis

Fleckige Angelegenheit
Eine andere Idee sind Tintenbilder, die sich ohne Schwierigkeiten herstellen lassen. Man läßt ein paar Tropfen Tinte auf ein Löschblatt tropfen und faltet das Papier anschließend in der Mitte. Beim Öffnen ist das Resultat sichtbar, zwei deckungsgleiche Bildhälften.
Zugegeben, manchmal sind die Tintengebilde ziemlich abstrakt, und selbst mit größter Phantasie ist kaum etwas darin zu erkennen. Andere

Tintenkleckse wiederum zeigen die Umrisse von zwei Menschen, die offensichtlich auf angenehme Weise miteinander beschäftigt sind. Sie scheinen sich zu berühren, zu küssen, zu streicheln oder sind ineinander verschlungen.
Der Reiz dieser Bastelei besteht darin, eine Reihe dieser Tintenbilder herzustellen und sich von den Gebilden selbst inspirieren zu lassen. Die witzigsten Resultate sucht man sich aus und kommentiert sie mit ein paar persönlichen Zeilen.

Stoff

Ein flaches handgewickeltes Päckchen aus Silberfolie haftet auf dem Briefbogen. Ein Streifen Tesafilm hält den Inhalt verschlossen. Offensichtlich handelt es sich um eine Einheit Marihuana. Auch der Text läßt darauf schließen. *»Hast Du Lust, etwas Tolles zu erleben? Es wird behauptet, daß dies der beste und reinste Stoff ist, der zu kriegen ist...«*
Beim Auswickeln stellt sich heraus, daß das Päckchen leer ist und auf der Innenseite der Silberfolie eine Nachricht notiert ist: *»Halte Dich an unsere Beziehung. Sie ist besser als jede Droge auf dem Markt.«*

Maßgeschneidert

Geschmackvoll

In ein Briefcouvert werden lauter Gewürze geschüttet wie Basilikum, Curry, Knoblauchsalz, Nelken, Pfeffer, Paprika und ein kleiner Zettel mit der Aufschrift: *»Ich finde Dich scharf!«*

Durchstrukturiert

Die Mitteilung, daß der andere der Partner fürs Leben ist, läßt sich auch in völlig versachlichter Form darstellen. Aus Papier wird eine Minikartei gebastelt. Die farbigen Deckblätter werden passend zugeschnitten und beschriftet mit Stichworten wie Liebhaber, Freund, Kumpel, Saufkumpan, Ratgeber, Vertrauter. Mit Schreibmaschine geschrieben steht daneben: *»Ordnung muß sein! Nach 30 Jahren farbenfrohen Liebeslebens war es an der Zeit, endlich einmal aufzuräumen und klare Weichen für die Zukunft zu stellen...«* – Gleichgültig, welche der sechs Rubriken aufgeschlagen wird, stets ist der Name des Partners zu lesen.

Gesichtszüge

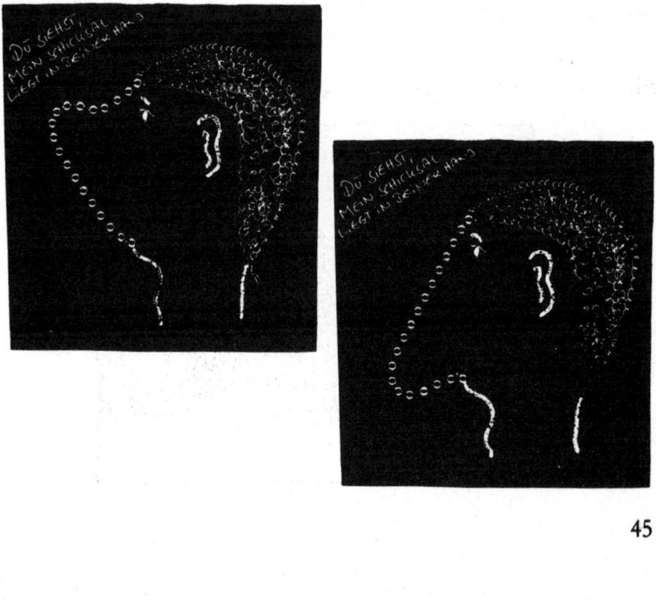

Leicht entzündbar

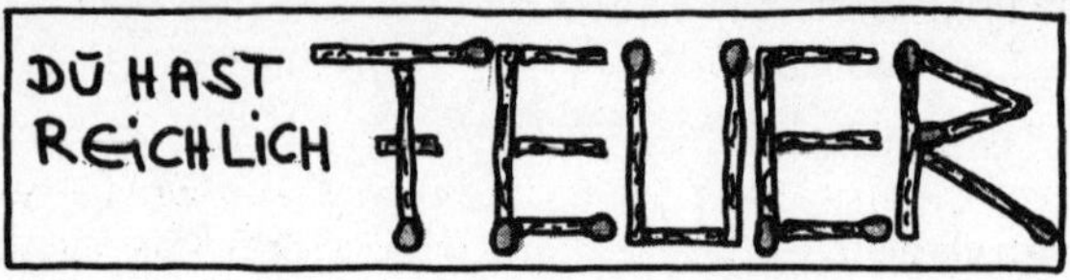

Frühjahrsputz

Wie wäre es zum Beispiel, auf ungewohnte Weise eine Einladung zum Nachtspaziergang am Strand auszusprechen? Mit ein paar Buntstiftstrichen, kleinen Papiersternen und echtem aufgeklebtem Sand ließe sich die Idee schmackhaft machen. Ein denkbarer Text wäre: *»Ich habe den Sand gekämmt, die Sterne geputzt und das Meer gebügelt. Alles nur, damit Du einen guten Eindruck bekommst, wenn ich Dir am Freitag mein Lieblingszimmer zeige...«*

Looping

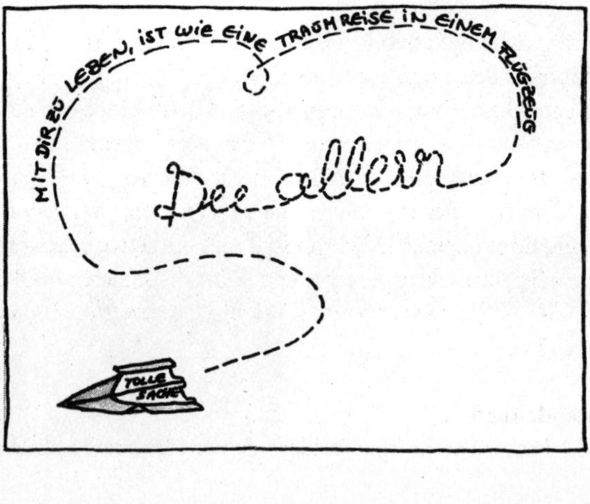

9.2 AUS DER NATUR – GEFUNDEN, GESUCHT, GESAMMELT

Schon von außen spürt man, daß sich in dem Brief irgendein Gegenstand befindet. Beim Öffnen wird die Wölbung des Briefes klar. Ein getrocknetes Maiskorn klebt in der Mitte auf dem Briefbogen. Der Text erklärt die Bedeutung des Geschenkes.

»DENK AN DAS MAISKORN!

Man sieht es ihm nicht an. Aber es hat die Kraft, Energie und Anlage, eine prächtige, zwei Meter große Pflanze zu werden.

Ich glaube an das, was wir gemeinsam aufbauen können. Ich glaube an das Maiskorn und ich glaube an Dich.«

Diese Art von gebastelten Liebeserklärungen dreht sich um Naturalien. Es ist quasi die 'biologisch dynamische Variante' unter den Liebeserklärungen – hundert Prozent organisch und ohne Einsatz von Chemikalien.

Das Prinzip ist, scheinbar belanglose Dinge mit einer persönlichen Bedeutung zu versehen und damit das eigene Gefühl zu unterstreichen. Viele Gegenstände aus der Natur sind Sinnbild für bestimmte Eigenschaften. Grünes Gras steht für Frische, Erde für Fruchtbarkeit, eine kräftige Baumrinde für Alter und Erfahrung.

Selbst banal klingende Aussagen bekommen durch das spielerische Einbauen von Naturalien ihren Charme. Angenommen, man möchte dem anderen das Kompliment machen, daß man ihn schön findet. Warum nicht einen Haufen Wiesenblumen pflücken, diese in einem Buch pressen und die getrockneten Blüten in einem Briefumschlag verschenken. Dazu ließe sich zum Beispiel sagen: *»Es gibt viele wunderbare Blumen – die zweifellos schönste für mich bist Du.«*

Wunschdenken

Auf das Papier ist ein kleines Herz gemalt. In dessen Mitte klebt eine einzelne Wimper. Darunter steht: *»Falls Du sicher gehen möchtest, daß unsere Träume wahr werden. Hier hast Du eine Wimper und damit einen Wunsch frei ...«*

Maßstab

Federlesen
Aus einem alten Kopfkissen nimmt man sich eine handvoll Daunenfedern und verpackt diese in einem Briefcouvert. Auf dem Umschlag steht: *»Ich liebe unsere kuscheligen Sonntage im Bett ...«*

Laub
»EIN BLATT IST

- *Leben*
- *Leidenschaft*
- *Natur*
- *Schönheit*
- *Kunst*

Und Du bist mein Herzblatt!«

Lippenbekenntnis
Das Päckchen enthält eine Kaffeedose. Sie ist bis zum Rand gefüllt mit trockenem Herbstlaub. Am Boden der Dose liegt ein Zettel mit der Nachricht: »*Die Sache mit dem Laubfrosch funktioniert. Märchen können wahr werden. Hier hast Du schon mal das Laub. Den Kuß vom Frosch mußt Du Dir schon selbst abholen. Ich warte auf Dich...*«

9.3 Liebesbriefe und Einkaufswagen

»*Lieber Wusch,*
dies dürfte wohl der erste ernsthafte Brief sein, den Du von mir erhältst. Leider muß ich Dir etwas Unangenehmes gestehen: Ich habe mich verliebt!
Nun dachte ich ursprünglich, daß dies nur ein vorübergehender Zustand wäre. Aber es hat sich zu einer ernsthaften Sache entwickelt. Daran gibt es nichts zu deuteln.
Zwar weiß ich noch nicht, was weiter geschehen soll, aber wir beide hatten vereinbart, ehrlich zueinander zu sein. Und so will ich hiermit mein Versprechen halten. Laß uns am besten in den nächsten Tagen in Ruhe darüber reden.
Übrigens kennst Du die Frau bereits; zumindest flüchtig. Falls es Dich interessiert, ein Bild von ihr findest Du in dem beigefügten Couvert...«
Beigelegt ist ein kleiner Taschenspiegel, auf den mit Lippenstift ein Herz gemalt ist und auf einem Begleitzettel steht die Botschaft:

»*Erkennst Du endlich, daß Du es bist...?*«

Tatsächlich haben Liebesbrief und Einkaufswagen etwas gemeinsam. In Supermärkten läßt sich nämlich reichlich Material für ungewöhnliche Liebeserklärungen finden.

In diesem Kapitel geht es um gebastelte Ideen, die auf gekauften Utensilien basieren, die schlecht abzubilden sind und viel besser im Original wirken. Zum Beispiel steht auf einem Bogen Papier: *»Ich hoffe wirklich, daß dieser Fall nie eintritt. Aber falls es mal nicht mehr funkt, wenn wir zusammen sind, möchtest Du vielleicht darauf zurückgreifen...«* (und beigelegt ist ein Feuerstein).

Knalleffekt

Der Gedanke ist stets, bekannten Gegenständen eine neue Bedeutung zu verleihen und damit sein Gefühl auszudrücken. Auf dem Briefbogen klebt ein kleiner Feuerwerkskörper. Daneben sind die Worte zu lesen: *»Ich sage nicht, Du hast meine Lunte gefunden und auch nicht, daß Du ein Knaller bist..., aber es ist einfach aufregend, mit Dir zusammen zu sein...wie ein Feuerwerk.«*

Gefährlich gut

Preisfrage

Unwohlsein

Man sagt, daß Verliebtsein eine Art positiver Krankheitszustand ist, der mit der Zeit vorübergeht. Zum Beispiel könnte man mit wilden Zacken eine Fieberkurve malen und dazu schreiben: *»Seit ich Dich kenne habe ich leidenschaftliche Fieberträume...«* oder *»Seit Tagen schon habe ich erhöhte Temperatur. Siehst Du jetzt endlich ein, daß Du mich nicht kalt läßt?*

P.S. Könntest Du Dich bitte persönlich um die Wadenwickel kümmern?«

(Als optischer Gag wird dann ein echtes Fieberthermometer beigelegt oder aufgeklebt).

Häufig hat man eine konkrete Aussage im Kopf, aus der man gerne etwas machen möchte. Vielleicht ist es auch eine bekannte Redewendung oder ein Spruch. Der Satz alleine würde aber abgedroschen und platt klingen. Was fehlt, ist eine Idee, die dem Kompliment eine witzige Wendung gibt.

Wertschätzung

Steigerung
*»**Einige** haben das **große** Glück, in ihrem Leben **einmal** zu lieben... **Wenige** Menschen haben die noch **größere** Chance, **mehrmals** zu lieben... **Ich** werde Dich **immer** lieben, weil ich weiß, Du bist das **Größte**... Was habe ich doch für ein...«* (und an dieser Stelle klebt ein kleines Spielzeugschwein aus Holz).

Pasta
Warum nicht einen Briefumschlag mit Sternchen-Nudeln füllen und auf einen Zettel schreiben: *»Du bist der Stern in meiner Nudelsuppe...«* oder *»Tausend Sterne habe ich vom Himmel geholt, nur um Dir eine kleine Freude zu machen...«*

Traumhaft
Im Spielzeuggeschäft kauft man sich eine Dose mit Lauge zum Seifenblasenmachen. Am Rand der Dose klebt ein Streifen Papier mit der Nachricht: *»Es ist wunderschön, mit Dir wieder Kind zu sein...«*

Saftig

In einem Päckchen verschickt man Trockenobst und die Nachricht: *»Für mich bist Du die schönste Frucht auf Erden...«*

Leseschwierigkeiten

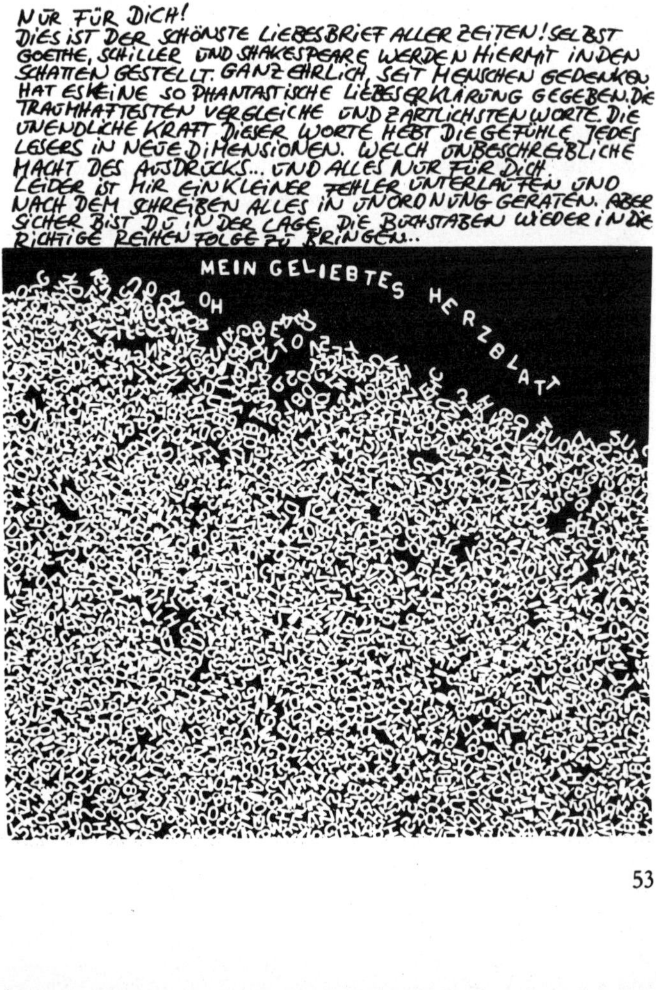

10. SPIELHÖLLE FÜR LIEBESFLAMMEN: RÜCKE VOR BIS AUF LOS

Es ist ein Spaß für sie, diese Psychotests in den Illustrierten auszufüllen:› Sind Sie ein leidenschaftlicher Sexpartner?‹, ›Wie liebesfähig sind Sie?‹, ›Erfüllt Ihr Partner auch Ihre intimsten Sehnsüchte?‹. Sie weiß genau, daß dieses alberne Frage-Antwortspiel zum Ankreuzen in Wirklichkeit von einem Redakteur erfunden wird. Mit Psychologie hat das Ganze wenig zu tun. Aber es ist halt eine unterhaltsame Marotte, und es könnte ja auch mal etwas Wahres dran sein. So beginnt die monatliche Entdeckungsreise durch das neue Heft ihrer Lieblingsillustrierten häufig mit dem Ausfüllen des Psychotests.
Heimlich hat er ihr durch den Briefschlitz in der Haustür das brandneue Exemplar der COSMOPOLITAN geworfen. Diesmal ist der Psychotest ganz persönlich, mit der Schreibmaschine geschrieben und über den eigentlichen Test ins Heft geklebt.

DER TEST FUER'S LEBEN: Finden sie ihren idealen Typ!

1. Haben sie positive Assoziationen mit dem Namen Thomas?		☐ ja	☐ ja
2. Ihr idealer Mann sollte wie lang sein?	☐ 130 cm	☐ 192 cm	☐ 240 cm
3. Sein Gewicht sollte wie folgt sein:	☐ 40 kg	☐ 80,5 kg	☐ 195 kg
4. Gewuenschte Augenfarbe:	☐ braun	☐ braun	☐ braun

5. Seine Haut sollte sich bei Sonneneinstrahlung schnell verfaerben in

☐	☐	☐
krebs-rot	gruen	braun

6. Sein gewuenschtes Wesen sollte sein

☐	☐
langweilig	aktiv

7. Seine Vorderzaehne sollen sein

☐	☐	☐
gross	Stuempfe	Frei-stellen

8. Das gewuenschte Sexleben

☐	☐	☐
zaertlich	Peitsche	einschlae-fernd

Ja, sie haben richtig entschieden! Waehlen sie die folgende Rufnummer und verabreden sie sich mit ihrem idealen Mann.....

Andenken an Minotaurus

Man zeichnet ein quadratisches Labyrinth, in dessen Mitte ein Herz mit dem eigenen Namen gemalt ist. An jeder Seite liegt ein Eingang, der mit A, B, C und D beschriftet ist. Zwischen dem Herz und den Eingängen ist ein Wirrwar von Wegen und Sackgassen gezeichnet. Der richtige Weg ist auf Anhieb nicht auszumachen. Kurzum, man muß es ausprobieren.
Unterhalb der Zeichnung wird nach der Lösung gefragt, die es in einem Kästchen anzukreuzen gilt: *»Ist A, B, C oder D der richtige Weg?«*
Was der andere erst beim Spielen selbst feststellt, ist die Tatsache, daß bei diesem Labyrinth jeder Weg zum Herz führt. So steht am unteren Bildrand die Zusatzfrage: *»Und die Moral von diesem Rätsel?«* – Ganz klein und über Kopf geschrieben steht darunter die Antwort: *»Ganz einfach, ich möchte, daß alle Deine Wege zu mir führen.«*

Teuflische Idee

Die folgende Botschaft läßt sich sowohl mit geschriebenem Text als auch mit einem Bild verwirklichen. Man zeichnet auf ein Stück Pappe einen niedlich lachenden Teufel, der von lauter lodernden Flammen umgeben ist. Anschließend wird das Bild bunt angemalt und am Rand die Zeile notiert: *»Engel, ich habe Dich höllisch lieb!«* Ein Spiel wird daraus, indem man am Ende die Pappe in lauter Stücke zerschneidet und als lose Puzzleteile im Briefumschlag verschickt.

Steckbrief

Leicht selbst zu machen, ist zum Beispiel ein Liebesbrief, der nach Art eines Silbenrätsels abgewandelt wird. Dabei denkt man sich einen liebevollen Text aus, dessen Lesbarkeit durch das Weglassen einiger Buchstaben erschwert wird. Die Stellen, wo Buchstaben fehlen, sind jeweils mit Punkten markiert.

»IHRE HAARFARBE IST B.... UND DIE AUGEN B...! IHR K..... IST VERFÜHRERISCH UND VON W.....B...R GESTALT! DER B.... IST NICHT ZU K.... UND NICHT ZU R....., GERADE DAS HA..GE....TE FORMAT. MIT IHREN ... CM KÖRPERLÄNGE IST SIE IM VERGLEICH ZU ANDEREN F..... RECHT HOCH GEWACHSEN; FÜR EINEN GEWISSEN T..... B........ ABER HAT SIE DIE I....E LÄNGE. MANCHMAL HAT SIE ZWAR SO IHRE M..K.N, ABER IM GANZEN IST SIE SCHON EIN ..LL.. ..P! FEST STEHT, AUF DIESE P...O. MÖCHTE ICH NICHT VERZICHTEN. NA, UM W.. KÖNNTE ES SICH DENN HIER H..D..N?«

Münze benötigt

Wir rubbeln uns eine Liebesbotschaft. Auf ein Blatt Papier werden zum Beispiel zehn Rechtecke gemalt, in die man kleine Textbotschaften schreibt. Anschließend wird eine farbige Kerze genommen, um die Rechtecke mit heißem Kerzenwachs zu versiegeln. Das Ergebnis: Das getrocknete Wachs verdeckt den Text, ohne das Schriftbild zu zerstören. Der Rubbelspaß kommt dann ins Spiel, wenn der Briefempfänger mit einer Münze jede einzelne Botschaft freilegt.

Auf diese Weise lassen sich alle möglichen Liebesbotschaften verpacken. Zum Beispiel kann daraus eine persönliche Einladung werden, bei der in den Rechtecken lauter Einzelinformationen für das gemeinsame Treffen stehen.

Oder man macht ein liebevolles Glücksspiel daraus. Nur in fünf der zehn Kästchen sind zärtliche Bemerkungen zu finden. In den restlichen Feldern stehen belanglose Texte. Nach dem Prinzip Hit oder Niete müssen die richtigen Rechtecke gesucht werden. Dann wäre zum Beispiel eine Überschrift denkbar, wie: *»DIENSTAG, SPIELETAG: Ein bißchen rubbeln, und erstaunliche Dinge kommen zu Tage. Mal sehen, ob Du eine glückliche Hand hast...«*

Kreuz und quer

Es ist eine simple Idee, aber die Anfertigung ist eine höllische Arbeit: Ein Liebesbrief in Form eines Kreuzworträtsels.

Zunächst denkt man sich etwa 20-25 Fragen aus, die sich um die gemeinsame Beziehung drehen:

- Was ich dachte, als ich Dich das erste Mal sah? (WOW)
- Ort der näheren Tuchfühlung? (SCHULHOF)
- Was Du schon zu hundert Prozent von mir besitzt? (VERTRAUEN)
- Was unsere erste Begegnung bei mir verursachte? (KNIEWACKELN)
- Herzfrequenz, wenn ich Dich umarme? (PRESSLUFTHAMMER)
- Zustand, wenn ich auf Dich warte? (AUFREGUNG)
- Menge an Gefühlen für Dich? (UNENDLICH)
- Wie ich unsere Beziehung beurteile? (EINMALIG)
- Wann ich Dich das letzte Mal sah? (GROSSE PAUSE)
- Wie lange ich Dich täglich angucken möchte? (STUNDENLANG)

- Wie oft ich an Dich denke? (PAUSENLOS)
- Was ich empfinde, wenn Du nicht da bist? (SEHNSUCHT)
- Was ich mir mit Dir gemeinsam wünsche? (ZUKUNFT)

Anschließend werden die Buchstaben der Antwortbegriffe gezählt, damit man weiß, wie viele Kästchen pro Wort benötigt werden. Der schwierige Teil beginnt damit, die Fragen auf einem karierten Bogen so zu verteilen, daß horizontal und vertikal alles zusammen paßt.

Um sicher zu stellen, daß der andere auch ja keine der Fragen ausläßt, werden bei jedem gesuchten Begriff einzelne Kästchen mit einem numerierten Kreis markiert. Alle eingekreisten Buchstaben zusammen gelesen ergeben dann den Lösungssatz; die eigentliche Liebeserklärung.

Quiz in Raten

Ein nette Variante ist, sein liebevolles Kompliment als zweiteiliges Ratespiel zu verschicken. Am ersten Tag gibt es das Rätsel, und am zweiten Tag kommt per Post die Auflösung.

In der ersten Sendung steckt ein Briefbogen mit der fragwürdigen Überschrift: *»Es gibt Dinge, die nicht für jedermann sichtbar sind... aber trotzdem eine große Bedeutung haben...«*

Darunter sind vier Zeilen mit scheinbar sinnlos aneinander gereihten Buchstaben abgebildet.

M L C D K J U I O B L R I X E S V O T M C T K S R O K S
Z M N W I O E U F I F F K S T O R E J L J L I O S E E M A
D I D A U U V S W K R T W S U I O C K H M T N I G S T E
R F O U U E L R C A B A M O E I A C L H S C H T R K L U

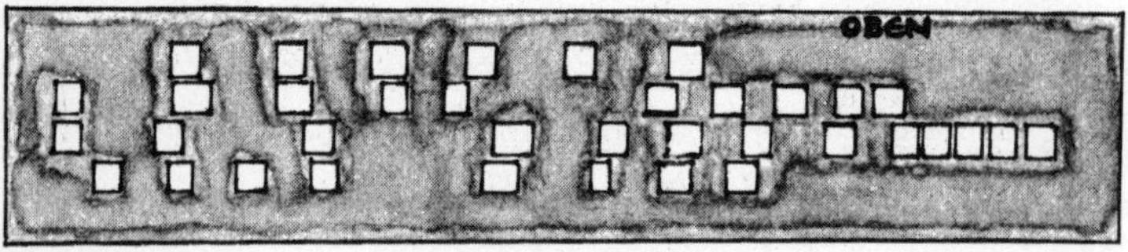

Nun geht es darum, aus dem Buchstabengetümmel die richtigen Buchstaben herauszufinden, die zusammen gelesen die Nachricht ergeben. Für den Fall, daß der andere das Rätsel nicht knacken kann, bringt der Postbote am nächsten Tag einen weiteren Brief. Und darin befindet sich eine selbst gebastelte Schablone. Auf das Papier gelegt ist das Geheimnis schnell gelüftet. Übrigens, bei diesem Beispiel heißt die Mitteilung: *»DU BIST ZWEIFELLOS DAS WICHTIGSTE FÜR MICH.«*

Visuelle Widerhaken

Auch mit optischen Mitteln sind Spielereien möglich. Zum Beispiel schreibt man seinen Liebesbrief einfach in Spiegelschrift. Oder man verwirrt den anderen, weil der Text in Gegenrichtung gelesen werden muß, nämlich von unten nach oben und von rechts nach links. Ein weiterer Stolperstein für das Auge des Betrachters wäre es, die Botschaft in grünen Punkten zu malen und die Freiräume mit lauter roten Punkten zu übersäen. Selbst wer nicht farbenblind ist, braucht seine Zeit zum Entziffern.

Halb und Halb

ICH WÜNSCHE MIR VON HERZEN, DASS DU DICH IN UNSERER BEZIEHUNG NIE LANGWEILST, GENUG AUSDAUER UND KRAFT BESITZT, AUCH KRISEN DURCHZUSTEHEN, MEINE LIEBE UND ZÄRTLICHKEIT GENUG FÜR DICH SIND, MEIN VERTRAUEN DIR STETS ETWAS BEDEUTET, DU NIE AUFHÖRST, MIT MIR ÜBER PROBLEME UND SCHÖNE DINGE ZU REDEN, ES GENIESST, WENN WIR ZUSAMMEN SCHLAFEN, WIR IMMER AUCH GEMEINSAM TRÄUMEN KÖNNEN, UNSERE LIEBE BESCHÜTZEN, VERTEIDIGEN UND FÜR SIE KÄMPFEN, UNS STETS FÜR SIE EINSETZEN. ICH MÖCHTE DIR EINE GLÜCKLICHE ZUKUNFT MIT MIR SCHENKEN.

AUCH WENN DU NUR DIE HÄLFTE SIEHST, SO BLEIBT ES DOCH DIE GANZE WAHRHEIT.

Damit es funkt

Eine Art optisches Hindernisrennen gilt es zu bewältigen, wenn der Text völlig verschlüsselt ist, weil statt mit Worten im Morsecode (oder zum Beispiel mit Zeichensprache für Blinde) geschrieben wurde. Um die Knobelei aber nicht zu schwierig zu gestalten, sollte das Morsealphabet beigefügt werden.

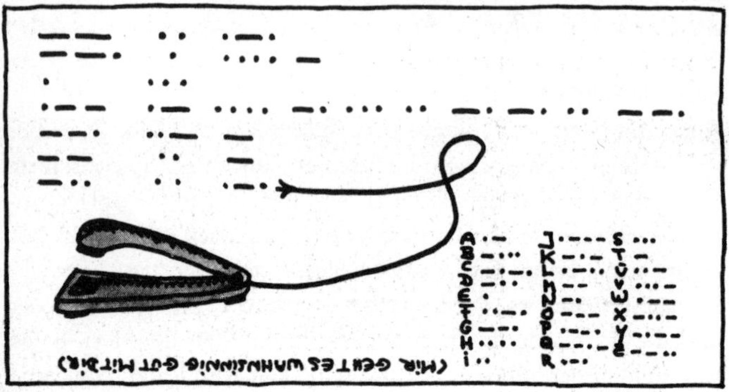

Spitzfindig

Es liegt ein weißes Blatt Papier vor einem, auf dem nur zwei Sätze zu lesen sind. Am oberen Rand steht die Frage: *»Siehst Du, was ich von Dir halte?«* und unten steht der unverständliche Satz: *»Wenn Du sagst nichts, bist Du blind!«*

Durch bloßes Anstarren des Papiers bekommt man es nicht heraus. Wird der Bogen allerdings schräg gehalten, ist die Lösung offensichtlich.

Mit lauter Nadelstichen ist der Text nämlich ins Papier gestanzt worden. Erst durch den Lichteinfall sind die Löcher erkennbar und damit ist die Mitteilung zu lesen: *»Du bist spitze!«*

Tipparbeit

Wie wäre es, sich eine liebevolle Gute-Nacht-Geschichte auszudenken, die man anschließend auf einer elektrischen Schreibmaschine tippt. Statt jedoch den Bogen Papier zu verschicken, wird kommentarlos der abgeschnittene Streifen vom Schreibmaschinenfarbband in den Briefumschlag gelegt.

Für die meisten elektrischen Schreibmaschinen werden nämlich sogenannte Einwegbänder benutzt, die den Abdruck der Buchstaben auf der Plastikschicht zeigen. So ist auch auf dem Plastikband der Text zu lesen. Einzige Besonderheit: Freiräume zwischen den Worten werden nicht abgebildet.

11. WITZIGE SELBSTDARSTELLUNG – SPIEGLEIN SPIEGLEIN AN DER WAND...

»Ich hab so eine große Nase, damit ich Dein Parfüm besser schnüffeln kann...
Ich hab so große Zähne, damit ich mich an Deinem Ohrläppchen besser festbeißen kann...
Ich hab so dicke Lippen, damit ich mich an Deinem Hals besser festsaugen kann...
Ich hab so eine große Zunge, damit ich Dich besser schmecken kann...
Ich hab so große Hände, damit ich Dich besser streicheln kann...
Ich hab so große Füße, damit ich Dir besser folgen kann...
Ich habe so große Ohren, damit ich Deine zärtliche Stimme besser hören kann...
Ich hab so eine laute Stimme, damit Du mich überall hören kannst...
Ich hab so schielende Augen, damit ich Dich auch um die Ecke sehen kann...
Ich hab so kräftige Hüften, damit Du Dich besser festhalten kannst...
Ich hab so rote Haare, damit Du mich besser finden kannst...
Ich hab so viele Sommersprossen, damit Du was zu zählen hast...
Ich hab so einen dicken Bauch, damit ich Dich besser wärmen kann...
Ich hab so viele Mängel, weil Du so vollkommen bist..
Auch wenn ich kein Adonis bin, habe ich ein tierisch zärtliches Gefühl für Dich – halt wie ein Schaf im Wolfspelz.«

Niemand ist frei von Mängeln. Es sind kleine körperliche Besonderheiten wie eine große Nase, ausgeprägte Hüften oder x-Beine.

Irgend etwas gibt es immer, das man an seinem Körper nicht leiden kann und von dem man meint, daß es einen häßlich macht. Absoluter Schwachsinn! Nicht das Aussehen macht einen liebenswert, sondern das Wesen. Schließlich sind Menschen wie Helga Feddersen, Otto, Belmondo und Woody Allen auch nicht gerade der Inbegriff von Schönheit.

Warum also seine Schattenseiten nicht selbst auf die Schippe nehmen. Das können durchaus auch Marotten sein, Angewohnheiten, von denen man weiß, daß der andere sie einem nur allzu gerne abgewöhnen möchte.

Natürlich kann man auch die Macken des Partners aufs Korn nehmen und ihm oder ihr damit signalisieren, daß man auch die Schwächen liebt.

Schnellimbiß

Verlockend

Wenn jemand mehr oder weniger an Haarausfall leidet, hat es schon einen gewisse Situationskomik, wenn auf dem Briefpapier eine Locke klebt und daneben steht: *»Dies ist ein wirklich intimes Geschenk. Schließlich weiß ich nicht, wie lange ich noch Haupthaar besitze. Deshalb wollte ich Dir lieber jetzt schon mal ein paar von meinen Haaren schenken, bevor es zu spät ist. Achtung, eine Wertsteigerung dieser Exemplare ist garantiert über die Jahre.«*

Anzahlung

Auf dem Briefbogen klebt ein Pfennig.
Der Text am Rand erklärt: *»Du wirfst mir immer wieder vor, daß ich ein elender Pfennigfuchser bin. Recht hast Du. Ich gebe zu, manchmal einer zu sein und gelobe hiermit Besserung.*
P.S. Den Brief kannst Du behalten.
Aber gib mir den Pfennig bitte morgen wieder.«

Fundamental

»Zugegeben, mein Bäuchlein ist ein Bauch und längst nicht mehr zu übersehen. Aber Du kannst Dich an ihn kuscheln, an ihm wärmen und im Sommer seinen Schatten suchen. Und wenn wir uns ganz dicht zusammenlegen, bilden mein Bauch und Dein Busen eine Einheit. Ist das nicht eine gute Basis?«

Ein Stück vom Pelz

Auf dem Papier klebt unter einem Tesastreifen ein einzelnes Brusthaar. Als Kommentar steht daneben: *»Ich weiß, daß mich die fehlende Brustbehaarung daran hindert, äußerlich Deinem Traumtyp zu entsprechen. Aber man sagt, daß regelmäßiges Abrasieren den Haarwuchs stärkt. Du siehst, ich arbeite an Deinem Traumbild. Das erste Haar ist doch schon ein Anfang, oder?«*

Potz-Blitz

Abrechnung

Das Geschenk ist eine Schultüte, wie sie Erstkläßler zur Einschulung bekommen. Die Tüte ist aber nicht mit Süßigkeiten gefüllt. Statt dessen befinden sich darin eine Knoblauchzwiebel, ein Sack voll Murmeln, Telefongroschen, ein alter Wecker, ein Fernsehprogramm, ein Mini-Duden und reichlich Kaugummi.
Der Begleitbrief erklärt den Inhalt: *»Ich hasse Deine Angewohnheit, permanent Knoblauch ins Essen zu tun. Es entspricht auch nicht Deinem Alter oder Deiner Position, immer Albernheiten und Kindereien im Kopf zu haben. Außerdem kann ich es nicht ausstehen, daß Du entweder andauernd am Telefon hängst oder in den Fernseher glotzt. Ferner sind Dein Rechtschreibefimmel und die ständigen Verbesserungen meines Deutsch ausgesprochen lästig. Und Dein ewiges Kaugummikauen hat etwas vom Widerkäuen eines Rindes. Der Gipfel an Unverschämtheit aber ist, daß Du bei jedem Geschäftstreffen pünktlich bist, aber zu Verabredungen mit mir stets mit Verspätung erscheinst. – Es gibt so unendlich viel, über das ich mich bei Dir aufregen kann, und trotzdem finde ich Dich unausstehlich liebenswert.«*

ICH FINDE, SEIT DU
MICH DAS ERSTE MAL
GEKÜSST HAST, SEHE
ICH SCHON INTERES-
SANTER AUS!

12. MIT FREMDEN WORTEN ZÄRTLICHKEIT SIGNALISIEREN

12.1 SPORTLICH DYNAMISCH – VOM RITTBERGER BIS ZUM ELFMETERSCHIESSEN

»Auch wenn Du meinst, von Sport nichts zu verstehen, so ist es wirklich ganz einfach zu lernen. Zum Beispiel die Zählweise:

BEIM FUSSBALL
ZÄHLEN DIE TORE,
BEIM BASKETBALL
DIE KÖRBE,
BEIM TISCHTENNIS
DIE PUNKTE,
BEIM 100 METER LAUF
DIE SEKUNDEN
UND BEI MIR
ZÄHLST ALLEIN DU.«

Fast jede Sportart hat ihre Fachbegriffe, um Spannung, Spielverlauf, Geschicklichkeit und Begeisterung zu beschreiben. Außerdem gibt es Begriffe wie Teamgeist, Zusammenspiel und Fair Play, die sich auch auf eine Partnerschaft beziehen lassen. Und selbst wenn der Partner nichts von Sport versteht, dürften ihr/ihm die meisten Ausdrücke vertraut sein.

Turnübungen
»Ich hasse Gymnastik, aber seit wir uns kennen habe ich zunehmend mehr Spaß an den Leibesübungen; insbesondere am Bodenturnen.

Nur bitte erwarte von mir keinen Flick-Flack oder andere akrobatische Einlagen.«

Verständnis

»Segel ich auch manchmal hart am Wind, so will ich unser Boot mit Sicherheit nicht zum Kentern bringen. Aber abundzu ist Kreuzen gegen den Wind einfach nötig, um einen besseren Kurs anzusteuern. Ich hoffe nur, daß Dir nie die Puste ausgeht und Dein Interesse abflaut. Denn Flaute wäre Stillstand, das Ende unsrer Beziehung.«

Richtungsweisend

»Unsere Beziehung ist wie ein Paar Skier, die ihren Lauf aufeinander abstimmen. Nur wenn die Bretter parallel laufen ist eine gute Abfahrt möglich.

Anfangs war an einen Parallelschwung noch nicht zu denken. Permanent wollten sich die Bretter kreuzen. Eine unsichere Bremsfahrt im Schneepflug war die Folge. Doch mittlerweile haben wir uns so gut eingespielt, daß wir sogar im Tiefschnee einander blind vertrauen.

Und die Verantwortung wird geteilt:

Mal gibt der Talski die Richtung an und mal der Bergski.«

K.O.-Sieg

Höhenflug

»Du bist für mich wie der Fieberglasstab des Stabhochspringers. Er gibt dem Athleten Halt und Zuversicht, das gesetzte Ziel zu schaffen. Liebevolle Pflege des hoch empfindlichen Materials ist unbedingt notwendig, und bei richtiger Handhabung kann jede Höhe mit ihm überquert werden.

Fest steht: Ohne ihn geht es nicht! – Mit Dir zusammen kann ich jede Lattenhöhe meistern.«

Harmonie

»Sechs-Komma-Null, das ist die Antwort, die uns die Punktrichter geben würden. Denn bisher ist unser gemeinsamer Paarlauf Spitze; Insbesondere, wenn man bedenkt, daß wir einen hohen Schwierigkeitsgrad mit Rittberger und dreifachem Salcho nicht scheuen. Klare Sache, sowohl im technischen wie auch im künstlerischen Teil bin ich von uns beiden überzeugt.«

Vertrauen

»Ich öffne mich Dir wie das Großsegel dem Wind. Die volle Segelfläche ist frei, zum Kentern oder um gemeinsame Fahrt aufzunehmen. Ich habe keine Angst vor aufkommenden Böen.

Denn ich vertraue dem Skipper, ich vertraue Dir.«

Multitalent

»Ich möchte
der Mastfuß sein, wenn Du das Segelboot bist
die Reißleine sein, wenn Du der Fallschirm bist,
die Sturmspitze sein in Deiner Fußballmannschaft,
der Center sein in Deinem Basketballteam,
die Tragfläche sein von Deinem Segelflieger,
der Haltegurt bei Deiner Kletterausrüstung,
Ich möchte einfach unendlich wichtig sein
für Dich...«

Sicherheit

»Wenn ich alleine bin, geht es mir wie beim Ski-Abfahrtslauf. Ich verlasse mich hundertprozentig auf meine Bindung.«

Vorteil Aufschläger

»Ich liebe die gemeinsamen Ballwechsel mit Dir: Deine knallharten Returns bei Streitigkeiten, die langgezogenen Zärtlichkeiten, die nur kurz aufkommenden Unstimmigkeiten, das direkte Anspielen der gegenseitigen Schwachstellen, das hohe Spieltempo bei Albernheiten, Dein schmetterndes Lachen, das ausgezeichnete Spielniveau und das klar dominierende Glücksgefühl mit Dir.«

Brustschwimmen

»Tief hole ich Atem und springe in das gemeinsame Wasser unserer Zärtlichkeit. Erst taucht mein Kopf ein und dann der ganze Körper. Zur vollen Länge ausgedehnt gleitet er in das Naß. Rhythmisch beginnen die ersten Bewegungen. Kurz berühren sich die Hände, dann verdrängen die Arme das Wasser. Gleichzeitig grätschen die Beine auseinander, werden angezogen und treten ruckartig ins Wasser. Luftbläschen kommen an die Wasseroberfläche. Ein kurzes Auftauchen, um schnell neuen Atem zu holen. Dann versinkt der Körper wieder in der Tiefe und stößt mit kräftiger Bewegung nach vorne... – Ich genieße die gemeinsamen Badefreuden.«

Überraschende Eröffnung

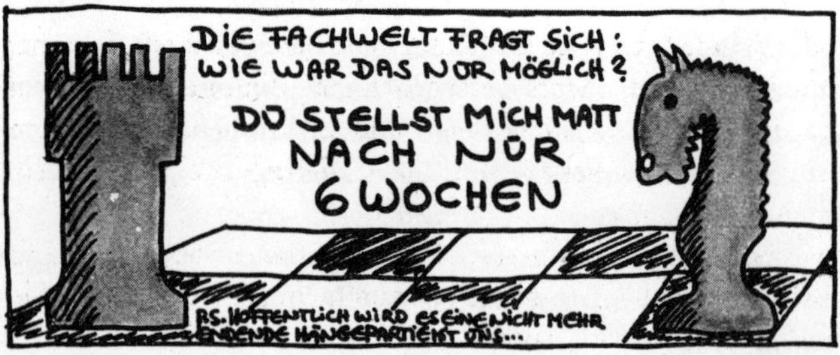

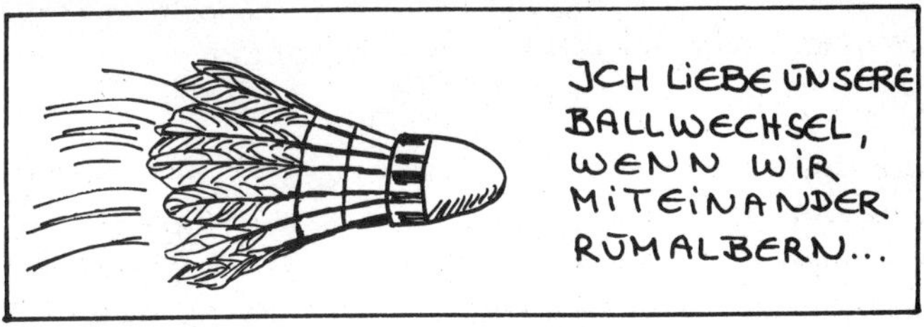

12.2 Wissenschaftlich analytisch: Von Biorhythmus bis zur chemischen Bindung

»Sowohl organisch wie anorganisch haben wir eine tolle Verbindung. Analytisch betrachtet, handelt es sich um eine sehr feste Bindung, bei der aus chemisch fachlicher Sicht von einer Trennung dringend abgeraten werden muß. Der Versuch wäre sicherheitstechnisch nicht zu vertreten, da er bei beiden Stoffen zu einer schnellen und explosiven Reaktion führen würde. Habe ich Dir übrigens schon gesagt, daß mich Deine verführerische Ionen-Ladung ganz kribbelig macht?«

In der Schule bläuen sie uns dieses Halbwissen ein, mit dem man dann später doch nichts anfangen kann: Binomische Formeln, Satz des Pythagoras, Neutronen- und Elektronenaufbau, Atomspaltung, Osmose, Vektorenrechnung, Hebelgesetze, Wahrscheinlichkeitsrechnung.
Was aber macht man nun mit diesem inzwischen wertlosen Halbwissen aus Schul- und Unizeit? Warum nicht ganz untypische Liebeserklärungen daraus basteln?

Nahrungsbedarf

»MEIN	*MEIN*	*MEINE*
KÖRPER	***KOPF***	***SEELE***
BRAUCHT:	*BRAUCHT:*	*BRAUCHT:*
WASSER	*ZIELE*	*WÄRME*
MINERALSTOFFE	*IDEEN*	*VERTRAUEN*
EIWEISS	*ANREGUNGEN*	*ZUNEIGUNG*
KOHLEN-HYDRATE	*HERAUS-FORDERUNGEN*	*ZÄRTLICHKEIT*
SAUERSTOFF	*GESPRÄCHE*	*FREUDE*
DICH	***DICH***	***DICH***

P.S. UND WAS LEHRT UNS DAS? – ***DU BIST ESSENTIELL FÜR MICH!«***

Nicht spaltbar

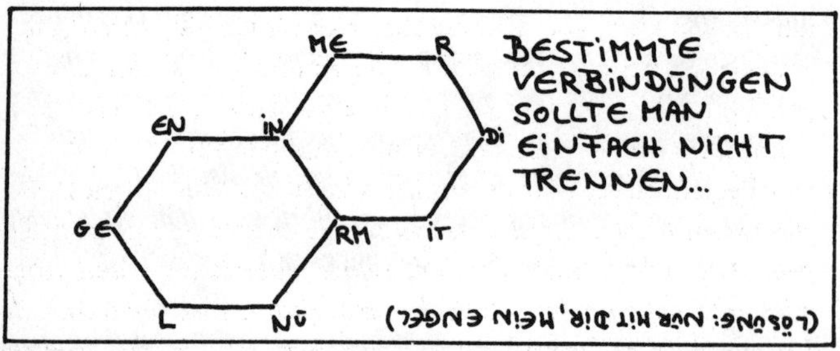

Mathetest

*»****Aufgabe:*** *Nimm Dir einen Bogen Millimeterpapier und male ein Koordinatenkreuz. Auf der X-Achse sollen sich alle meine Gefühle befinden, die ich für Dich empfinde. Auf der Y-Achse befindet sich alles, was Du mir gibst, wie Wärme, Vertrauen, Zuversicht und Zärtlichkeit.*

Frage: Wie sieht unsere Beziehung aus, wenn sie als mathematische Funktion in diesem Koordinatenkreuz eingezeichnet wird?
***Zusatzfrage** (10 Punkte): Verläuft die Funktion progressiv, degressiv, linear oder etwa als Sinuskurve?*
***Lösung:** Die Aufgabe ist als mathematisch unlösbar anzusehen, da sich unsere Beziehung weder in Punkten, Strichen noch Zahlen erfassen läßt. Vergleichend betrachtet ist die Neigung in jedem Fall positiv und nimmt einen hoffentlich unendlichen Verlauf. Gemeinsam aber sprengen wir jeden Rahmen.«*

Neumodisches Rechnen

Maßlos

»Wenn ich mein Gefühl für Dich
in Gewicht ausdrücke, wiegt es Tonnen;
in Länge ausrechne, sind es Kilometer;
in Volumen messe sind es Tausende von Hektolitern;
in Temperatur ermittel, sind es Hunderte von Grad;
in Zeit festlege, sind es Lichtjahre...
Doch alle Vergleiche scheitern kläglich,
können sie doch nicht im Entferntesten erfassen,
wie viel Du mir wirklich bedeutest.«

Elektrizitätslehre

»Ich hoffe, daß Du keinen Kurzschluß bekommst, falls in der sonst guten Stromleitung ab und zu mal ein Wackelkontakt auftritt. Die Stromschwäche ist nur kurzfristig. Wenn dann bei mir vor Ärger die Sicherung durchbrennt, hat das nur mit meiner spannungsgeladenen Eitelkeit zu tun, nichts aber mit unserer Verbindung. Ältere Gebäude haben halt ihre Macken. Aber wer den Altbau liebt, weiß das...«

Elektronik

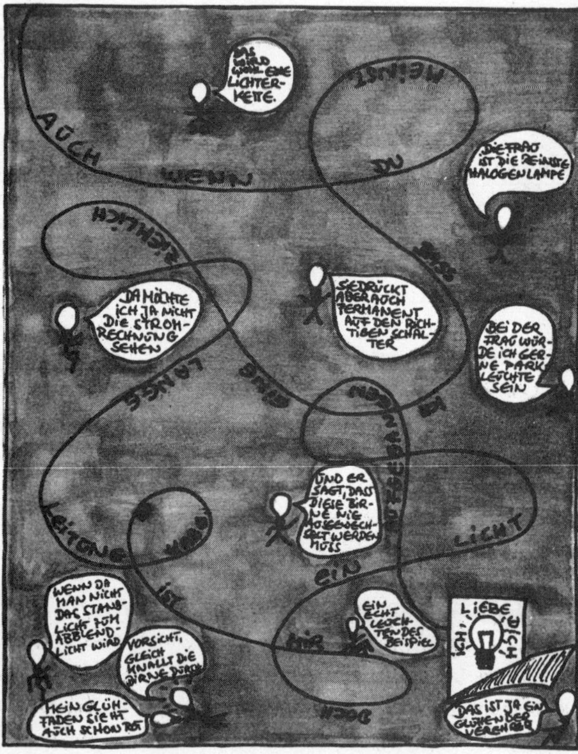

12.3 MUSIKALISCH TAKTVOLL: VON TONLEITER BIS TROMPETE

Das Geschenk ist ein in Notenpapier eingeschlagener Karton. Sachlich betrachtet ist der Inhalt leer, bis auf einen Zettel mit der Beschreibung: *»Lange habe ich gesucht und gesammelt, um Dir dieses Geschenk machen zu können. Bis zum Rand habe ich das Päckchen für Dich gefüllt. Schließe Deine Augen, und Du wirst erkennen, daß ich Dir mehr gebe als die prächtigsten Juwelen. Denn die schönsten Klänge habe ich für Dich eingefangen: das zärtliche Lied der Nachtigall, das Zirpen der Grillen in der lauen Sommernacht, das tiefe Rumoren der Eule, das Rauschen der Meeresbrandung, das Plätschern des Baches, das Singen der Äste im Herbstwind, das Rascheln des Laubs, das Knirschen der Schritte im Schnee, das Tapsen des Hundes auf der Holzdiele, das Knistern des Feuers im Kamin, das Hauchen meines Atems in Dein Ohr...«*

Stradivari

»Du bist für mich wie eine Geige: Aus bestem Wurzelholz gebaut und auch in den Details vollendet, zierlich aber von ausdrucksvollem Klang, zart besaitet und manchmal verstimmt, sowohl solo als auch im Orchester einfühlsam, nur für liebevollen Umgang empfänglich und nicht mehr wegzudenken aus meinem Leben. Du bist meine Stradivari und ich wünsche mir, Dein Streicher zu sein.«

Fingerübungen

»Wie ein Musikflügel möchte ich mich Deinen Händen überlassen, mich als Instrument Deiner Spieltechnik hingeben. Ob Moll oder Dur, jede Tonart darfst Du anschlagen, denn ich weiß, daß Du mich mit Feingefühl und Perfektion behandelst. Deine geschmeidigen

Hände werden zart über meine Tasten streichen und die schönsten Töne in meinem Körper erklingen lassen.«

Keine Sonne in Sicht

«Ain't no sunshine when she's gone,
Is not warm when she's away.
Ain't no sunshine when she's gone,
And she's always gone too long,
Any time she goes away.
Wonder this time where she's gone,
Wonder if she's gonna stay.
Ain't no sunshine when she's gone
And this house does ain't no home,
Any time she goes away....

Copyright by Bill Withers,
emotions by me and
dedicated to you.«

Genial

Auf ein Notenpapier malt man eine große einzelne Musiknote. Dann faltet man das Blatt zu einem Papierflieger und schreibt auf eine der beiden Tragflächen: *»Gerade bin ich dabei, Dir ein Liebeslied zu komponieren. Hier ist schon mal der Anfang per Luftpost...«*

Zerbrechlich

Das Päckchen ist gefüllt mit lauter Glasscherben und dem folgenden Brief: *»Wie die Opernsängerin in der höchsten Tonlage Glas zum Zerspringen bringt, hast Du eine Resonanzkatastrophe in meinem*

Herz ausgelöst. Du bist in mein Leben geknallt und hast mich völlig verwirrt. Vorher war ich ausgeglichen, jetzt habe ich die Balance verloren. Niemand bisher hat dieses Gefühl bei mir ausgelöst. Nun habe ich ein klirrendes Gefühl für Dich und zerspringe jedesmal vor Sehnsucht, Dich wiederzusehen. Ich weiß, daß Du mir unendlich gut tust. Denn Scherben bringen Glück.«

Zärtliche Prägung

12.4 Geflügelte Worte: Von Redewendung bis Spontispruch

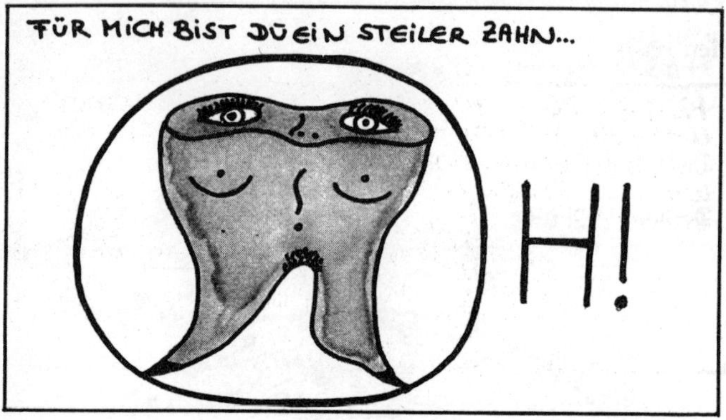

Sprüche, Redewendungen und Volksweisheiten sind eine wahre Fundgrube für originelle Liebeserklärungen. Selbst für scheinbar abgedroschene Phrasen lassen sich witzige Ideen finden. Möchte man zum Beispiel um Nachsicht für seine Fehler bitten, kann man auf eine Briefkarte ein Gummiband kleben und dazu schreiben: *»Ich wünsche mir, daß Dir bei mir nie der Geduldsfaden reißt.«*

Scheinheilig

Zusammengefaltet liegt im Briefumschlag ein großer ringförmiger Papierstreifen. Die Unterseite ist mit einem Textmarker gelb angemalt und auf der Oberseite klebt glitzernder Haar- oder Nagellack. Der Begleitzettel erklärt das merkwürdige Gebilde:

»Ich besitze weder einen Heiligenschein, noch bin ich fehlerfrei. Deshalb hoffe ich, daß Du auch mit meinen (kleinen) Fehlern umgehen kannst... (die Du natürlich erstmal finden mußt).«

Die gleiche Idee läßt sich auch in einer größeren Dimension umsetzen. Dann wäre das Symbol für den Heiligenschein zum Beispiel ein knallgelber Hulahup-Reifen, der in Packpapier eingewickelt und mit dem Aufkleber *»Vorsicht Strahlungsgefahr«* übergeben wird.

Meterware

Stachelig

Das Geschenk ist ein mit Samt ausgeschlagenes Schmuckkästchen, das bis zu zum Rand mit silbernen Stecknadeln gefüllt ist. Nur eine einzige Nadel unterscheidet sich äußerlich von den anderen, da sie mit Goldlack angemalt ist. Unter dem Nadelhaufen befindet sich ein Zettel mit den Worten: *»Eher hätte ich erwartet 100 Nadeln aus diversen Heuhaufen auszugraben, als Dich kennenzulernen. Was habe ich doch für ein Riesenglück! Grüße an mein Goldstück!«*

Jung, frisch und zeitgemäß sind Spontisprüche, die mit ganz ungewohnten Worten Zärtlichkeit ausdrücken. Ob sie nun auf Klowände gekritzelt oder an Brückenpfeiler gesprüht sind, man liest einen Spruch, und er setzt sich im Kopf fest. Viele dieser liebevollfrechen Äußerungen lassen sich mit einer kleinen Zusatzidee (Zeichnung oder Bastelei) leicht zu einer persönlichen Liebeserklärung gestalten.

Fundgrube

»Riech' ich Dein Aroma,
fall' ich gleich ins Koma.«

»Wärst du mein Ohrenschmalz,
nie mehr würde ich Wattestäbchen benutzen«

»Ich schick' Dir eine Tüte Liebe.«

»Für die ganze Welt bist du irgend jemand,
doch für irgend jemand bist du die ganze Welt,
FÜR MICH!«

»Wenn du die Träne in meinem Auge wärst,
würde ich nie weinen, um dich nicht zu verlieren.«

»Komm laß uns zusammen alleine sein.«

»Träume nicht dein Leben sondern lebe deinen Traum.
Nimm's leicht, nimm mich.«

«Morgens kann ich nichts essen, weil ich dich liebe.
Mittags kann ich nicht essen, weil ich dich liebe.
Abends kann ich nichts essen, weil ich dich liebe.
Nachts kann ich nicht schlafen, weil ich Hunger habe.«

»Ich möcht' an deinem Busen rasten
wie die Kuh am Futterkasten.«

»Ich hab dich so lieb,
Ich würde dir ohne Bedenken,
Eine Speiche aus meinem Rennrad,
Schenken.«

»Ich hab' dich geliebt, und im Herzen getragen,
jetzt bist du verrutscht und liegst mir im Magen.«

»Drei Wassersportarten, die ich unbedingt mit dir zusammen erleben möchte, sind in Geld schwimmen, in Glück baden und in Liebe tauchen.«

»Laß mich Dein Labello sein.«

12.5 Internationale Gefühlsbörse

DEUTSCHLAND → Ich liebe dich

NORWEGEN → Jeg elsker deg

SCHWEDEN → Jag älskar dig

FINNLAND → Minä rakastan sinua

DAENEMARK → Jeg elsker dig

HOLLAND → Ik hou van je

SCHWEIZ → Ich liäb di

ENGLAND → I love you

FRANKREICH → Je t'aime

SPANIEN → Te quiero

PORTUGAL → Eu amo te

ITALIEN → Ti amo

GRIECHENLAND → ΣΕ ΑΓΑΠΩ

UNGARN → Szeretlek

POLEN → Kocham Cię

RUSSLAND → Я люблю тебя

ISRAEL ← אני אוהב אותך

IRAN ← دوستت دارم

ARABIEN → أنا أحبك

PAKISTAN ← میں تم سے پیار کرتا ہوں

INDIEN → मैं तुमसे प्यार करता हूँ

CHINA → 我爱你

BENGALEN → আমি তোমাকে ভালোবাসি

PHILIPPINEN → Mahal kita

JAPAN → 愛してます

ECUADOR → Nuca Juyani

13. REICHLICH INTIM – DEFTIG ABER HERZLICH

»Ich mußte gerade an Dich denken und hatte so ein bärenstarkes Gefühl...

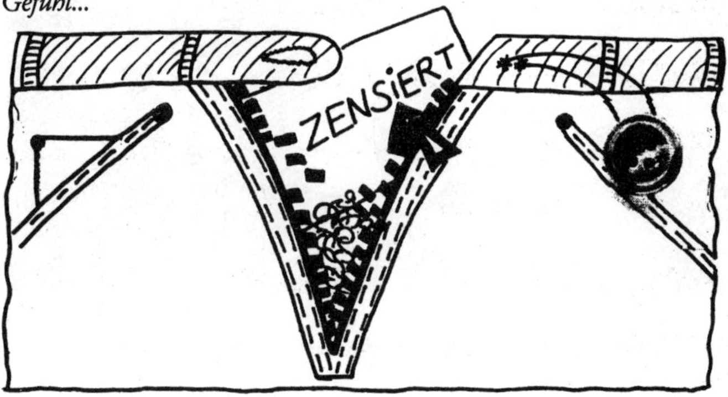

...und nun ist mein Knopf weg.«

Je vertrauter man miteinander ist, desto intimer dürfen die Liebeserklärungen sein. Was tabu ist, muß man selbst entscheiden. Denn diese Art von Liebeserklärung ist natürlich eine recht persönliche Form. Andererseits hat jeder auch intime Gedanken, Gefühle und Wünsche, die sich originell mitteilen lassen. Warum also nicht mit deftig aber zärtlichen Mitteln »Ich liebe Dich« sagen? Erlaubt ist schließlich, was gefällt.

Fleischspieß

»In Western pflegen die Schützen für jede Leiche eine Kerbe in ihren Revolver zu schnitzen. Würde ich nun für jede schöne Nacht, die wir miteinander verbringen, eine Kerbe in meinen Schniedel ritzen, ...
... hätte ich Schaschlik in der Hose.«

Gordischer Knoten

»Mit Dir zu schmusen, hat etwas von einem komplizierten Seemannsknoten...

... den ich mir unlösbar wünsche.«

Süchtig

»DU BIST EINE SCHLAFTABLETTE, denn ich schlafe wahnsinnig gerne mit Dir, bin süchtig nach Dir und scheine sowohl körperlich wie seelisch von Dir abhängig zu sein. Für mich bist Du die ideale medizinische Behandlung, insbesondere bei

akutem Herzflattern, innerer Anspannung und äußerlicher Erregung. Tägliche Anwendung ist nötig, da ich ohne Dich einfach keinen Schlaf finden kann. Bitte auf gar keinen Phall diese wunderbare Droge absetzen. Die Nebenwirkungen wären katastrophal!«

Hochspannungsleitung

Oder in anderen Worten: Es ist schön mit Dir zu schlafen, und diese Hochspannung möchte ich unbedingt erhalten. Da werde ich weder auf Schwachstrom umschalten noch irgendwann ein Notstromaggregat suchen. Ich hoffe auf einen lang anhaltenden Elektronenaustausch....«

Intimes Geständnis

»Ich vertraue Dir ein Geheimnis an und zeige Dir, was ich an unseren Schmusereien am allermeisten genieße...«

Tagtraum

Schloßbesitzer

»Ich würde den Schlüssel doch nur verlieren...

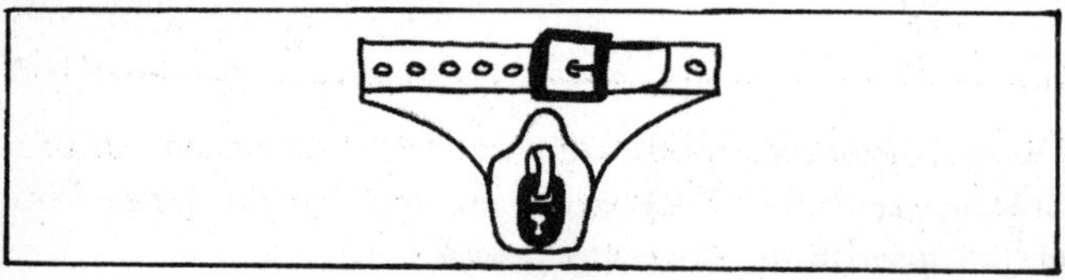

... und viel wichtiger, ich vertraue Dir.«

14. NOCH JUNGFRÄULICH – IDEEN FÜR BESONDERE ANLÄSSE

Ob für Jahrestag, Heiratsantrag, Geburtstag oder andere Anlässe, jedesmal läßt sich eine witzige Idee finden. Und liegt gerade kein offizieller Anlaß an, wird eben einer erfunden.

Schlüsselerlebnis
In edles Geschenkpapier gehüllt und mit feiner Schleife versehen, verschenkt man eine nagelneue Zahnbürste. Der Begleitzettel sagt: *»...für den Fall, daß Du mal die Zahnpasta in meiner Wohnung ausprobieren möchtest.«* Das eigentliche Geschenk für den Partner ist ein Wohnungsschlüssel, der mit Tesafilm an die Unterseite der Zahnbürstenverpackung geklebt ist.

Schulabschluß intim
»Willkommen im Leben. Deine schulische Leidenszeit ist abgeschlossen. Keine Lehrkörper und keine geistigen Folterungen mehr. Das

Ereignis müssen wir unbedingt feiern. Wie wäre es die frisch gewonnene Freiheit im Freien zu feiern? Ich denke dabei an ein Wochenende im Grünen mit Gitarre, Schlafsack und Freudenfeuer? Für den Proviant sorge ich. Du brauchst Dich nur um die Feuerung zu kümmern. Ein Tip: Erfahrungsgemäß brennen Schulbücher wie Zunder; ganz besonders Physik-, Mathe- und Chemiebücher.«

Röstfrisch

(echte Kaffeebohne)

Sehnsucht

GLEICH WIRD DIE SCHALL-MAUER DURCH-BROCHEN!
NOCH
92 TAGE
(UND DER REST VON HEUTE),
UM DIR ZU BEWEISEN,
DASS WIR AUCH LÄNGER
ALS 6 MONATE MITEIN-
ANDER GLÜCKLICH SEIN
KÖNNEN...
... UND IMMER SCHÖN ARTIG PRO TAG NUR EINEN CM ABSCHNEIDEN!

Heiratsantrag

Das Geschenk ist ein Samtbeutel, der normalerweise für Schmuck benutzt wird. Drinnen liegen zwei Schlüsselringe, die mit einem gewöhnlichen Gummiband verbunden sind sowie ein Zettel mit der Frage: *»Was hältst Du davon, wenn wir es miteinander versuchen?«*

Fehlverhalten

Um sich bei dem anderen für sein Verhalten zu entschuldigen, klebt man ein Pflaster auf den Bogen Papier. Darunter steht: *»Ich wollte Dich nicht verletzen...«*

Zweimal täglich

15. AKTIONEN & VERRÜCKTHEITEN: ZÄRTLICHKEITEN OHNE GRENZEN

Verrückte Zärtlichkeiten sind nicht allein an Briefe und Päckchen gebunden. Wer mit einer Liebeserklärung überraschen will, kann auch Gegenstände und Plätze des Alltags zweckentfremden. Dazu zählen die Wohnung, die Nachbarschaft und des Deutschen liebstes Spielzeug, das Auto.

Langzeitwirkung

Man beschriftet etwa 20-30 kleine Notizzettel mit lauter kurzen Liebesbotschaften wie *»Ich mag Dich«*, *»Du bist ein toller Kumpel«*, *»Mußte gerade an Dich denken«*, *»Habe Sehnsucht nach einem Kuß«*, *»Ruf mich doch gleich mal an«*, *»Möchte Dich umarmen«*, *»Wann kuscheln wir das nächste Mal?«*, *»Möchte in Deinen Nacken hauchen«* etc.

Sämtliche Zettel werden versteckt, teils an leicht und teils an schwer zu findenden Stellen: Ein Zettel klebt unter der Zimmerdecke, einer liegt ganz unten im Stapel frischer Handtücher, der nächste im Eisschrank, ein anderer unter dem Kopfkissen und Nummer 27 vielleicht im Lumpeneimer. Das Motto ist, dem anderen mit dieser Versteckaktion ein möglichst lang anhaltendes Vergnügen zu bereiten. Noch Wochen später werden unerwartete Streicheleinheiten entdeckt.

Wegweisend

Denkbar sind auch andere Überraschungen in seiner oder ihrer Wohnung: zum Beispiel ein riesiger Willkommensgruß, der mit einem goldfarbenen Filzstift auf eine Haushaltsrolle Silberfolie gemalt ist. Oder man läßt seiner Phantasie einfach freien Lauf und schreibt alle verrückten Dinge auf, die man gerne mit dem anderen machen würde, hätte man Zeit und Geld beliebig zur Verfügung. Als Schreibunterlage wählt man dazu eine Rolle Klopapier, die anschließend in voller Länge ausgerollt wird. Am Ende des Papierstreifens steht dann eine Flasche Wein und der Hinweis: *»Der Wein ist zwar nur von ALDI, aber trotzdem sind meine Träume ernst gemeint. Weitere Seifenblasen und Träumereien heute Abend um Acht in meiner Badewanne?«*

In Sachen Kraftfahrzeug

Das Auto ist geradezu ideal, um mit einer zärtlichen Botschaft aufzufallen.

Das kann zum Beispiel ein Zettel mit einer liebevollen Nachricht hinter der Windschutzscheibe sein oder ein kurzer Gruß auf dem Seitenspiegel, den der Partner entdeckt, wenn er wegfahren will.

Schon etwas offensichtlicher ist es, wenn sämtliche Scheiben des Vehikels mit kleinen Rosen beklebt sind. Eine Idee, die sich mit drei Sträußen Babyrosen zu je fünf Mark und einer Rolle Klebeband leicht verwirklichen läßt.

Ist man im Besitz des Zweitschlüssels, läßt sich der gesamte Innenraum des Fahrzeugs mit Luftballons füllen.

Wenn dann auch noch lauter Zettel mit liebevollen Streicheleinheiten an den Ballons hängen, ist der Partner erstmal angenehm beschäftigt.

Sogar Kritik kann man mit ungewöhnlichen Mitteln zum Ausdruck bringen – wenn plötzlich ein Trauerkranz auf der Autohaube liegt und die Nachricht: *»Wenn wir über unser Problem schweigen, können wir unsere Liebe begraben. Laß uns miteinander reden. Ich möchte nicht, daß wir uns verlieren.«*

Es ist zwar originell, mit losem Zucker etwas Liebevolles auf die Motorhaube zu schreiben. Wenn aber der Lack dabei verkratzt, ist das Ergebnis eher Verärgerung als Freude. Deshalb sollte die Liebesbotschaft lieber mit Schlagsahne aus der Dose oder Rasierschaum aufgesprüht werden.

Originalformat
Mit einer Polaroidkamera läßt man sich von Kopf bis Fuß fotografieren. Jedes Körperteil wird einzeln aufgenommen: Hände, Arme, Beine, Bauch etc. Die 20 bis 30 Bilder verschenkt man dann mit den Worten: *»Damit Du mich voll und ganz im Auge behältst, wenn wir uns mal nicht sehen...«*

Intime Öffentlichkeitsarbeit
Ein Hamburger schrieb vor einigen Jahren einen seitenlangen Liebesbrief und setzte ihn in den Kleinanzeigenteil der Stadtzeitung. Das dürfte allerdings ein recht kostspieliges Vergnügen gewesen sein. Aber kurze und witzige Liebeserklärungen fehlen in keinem Kleinanzeigenteil mehr.
Unter die Rubrik »hierzu darf offiziell nicht aufgefordert werden«, fallen Grafitti-Liebeserklärungen, die mit Sprayfarben an Brückenpfeiler oder sonstiges Staatseigentum gesprüht werden. Dazu zählt auch, wenn man ein Bettuch mit aufgemalter Liebesbotschaft als Transparent vom Dach hängt. Zwar würde es den Partner beim morgentlichen Blick aus dem Fenster garantiert überraschen, aber sicher wäre es auch ein Verstoß gegen irgendein Gesetz.
Ein solches Problem stellte sich zum Beispiel einem Freund, der vor seiner Haustür plötzlich den riesigen Schriftzug *»only you«* auf dem Straßenpflaster las. Wie im Lehrbuch für den deutschen Staatsbürger riefen Nachbarn erst die Polizei und erstatteten dann Anzeige. Mit der Auflage, die Verunstaltung zu beseitigen, wurde jedoch das Verfahren eingestellt.

Penetrante Zärtlichkeit
Ein Bekannter stand vor einem recht heiklen Problem. Seine Freundin genoß zwar das Zusammensein mit ihm, hatte jedoch Angst, ihm ganz zu vertrauen.
Auf einen DIN A 2-Bogen malte er mit großen Buchstaben die Mitteilung: *»Gabi, ich liebe Dich über alles!«* Dann vervielfältigte er

diesen Zettel 200 mal und klebte sämtliche Kopien in einer Nacht-und-Nebel-Aktion an Bäume, Häuserwände, Straßenlaternen und Verkehrsschilder. Außerdem packte er ein Exemplar des Mini-Posters zwischen die Seiten ihrer Tageszeitung, die morgens immer vor ihrer Haustür lag.
Niemand in der Gegend hatte weder eine Ahnung, wer Gabi war noch welcher anonyme Absender hinter der Plakatkampagne steckte. – Heute sind die beiden übrigens miteinander verheiratet.

16. SPIELPLAN FÜR GEFÜHLSSTRATEGEN

Nicht nur als einmalige Aktion lassen sich Liebeserklärungen effektvoll versenden. Auch gebündelt oder über einen längeren Zeitraum verteilt sind sie erfolgreich einsetzbar. Das gilt insbesondere, wenn das Interresse des anderen erst gezielt aufgebaut werden muß. Dann bedarf es Zeit, Ausdauer und natürlich der richtigen Strategie...

Würde man daran glauben, daß sich Liebeserklärungen graphisch-methodisch darstellen lassen, ergäbe sich vermutlich die folgende Systematik. Eine wissenschaftlich angehauchte Betriebsanleitung für den kopfgelenkten Strategen. Im Visier ist der Zündpunkt (*), der Moment, wenn der Funke überspringt und das Herz des anderen in Flammen setzt.

Strategie A:

Sämtliche Register werden gleichzeitig gezogen, um den anderen zu beeindrucken. Man setzt alles auf eine Karte und veranstaltet ein wahres Feuerwerk an Aktivitäten. Zeit kann und will man nicht verschwenden. Es muß funken, jetzt oder nie.

"RUSSISCHES ROULETTE"

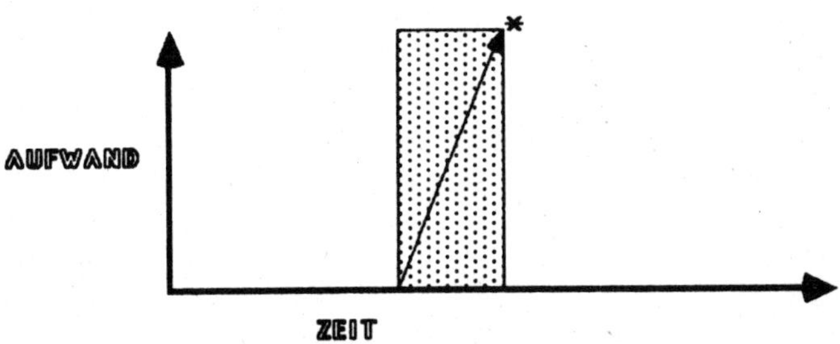

Risiko: Der Schuß geht in den Ofen, weil der andere erkennt, daß die Liebeserklärungen nur ein Strohfeuer sind. Schade, die Chance ist verspielt. Interesse ist zwar da, aber nur bei ernstem und dauerhaftem Engagement.

Stratregie B:
Es braucht seine Zeit, bis es klappt. Sämtliche Maßnahmen werden zwar gezielt aber zunächst noch verhalten eingesetzt. Ist das nähere Interesse des anderen erstmal gewonnen, geht es erst richtig los. Man steigert sein Bemühen und überrascht durch immer mehr Aktivitäten. Stets hat man noch ein As im Ärmel, setzt eine noch raffiniertere Liebeserklärung oben drauf. Die andere Person wird beeindruckt, verwirrt und schließlich erobert.

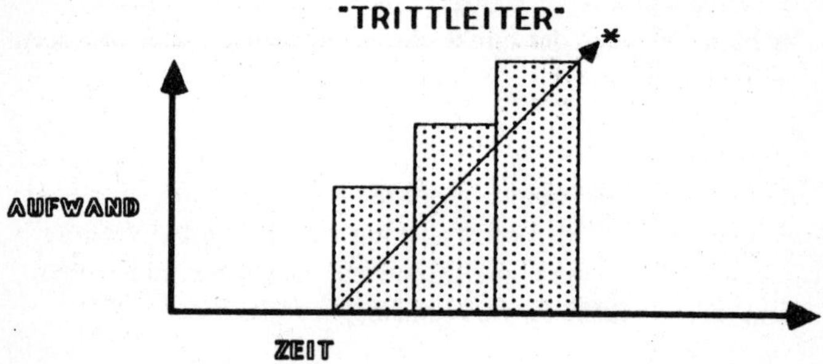

Risiko: Fehleinschätzung der Situation. Eigentlich wäre eine gewiße Bereitschaft schon dagewesen. Doch durch die ständig mehr werdenden Liebeserklärungen ist man dem anderen auf den Wecker gegangen. Schade Schrittfehler...

Strategie C:
Im Gegensatz zur Trittleitermethode wirbelt man allein am Anfang. Der andere ist fasziniert, kann aber oder will noch nicht reagieren. Man lockt ihn oder sie aus der Reserve, indem man das

Maß an Aktivitäten reduziert. Sich rar machen, ist die Devise. Das Ergebnis ist klar, denn sofort steigert sich das Interesse des anderen. Doch man hält sich weiterhin zurück und spielt cool. Immer verhaltener geht man ans Werk. Schon befürchtet der andere Desinteresse und handelt jetzt selbst. Die Zeit ist reif, man läßt sich erobern.

"KELLERTREPPE"

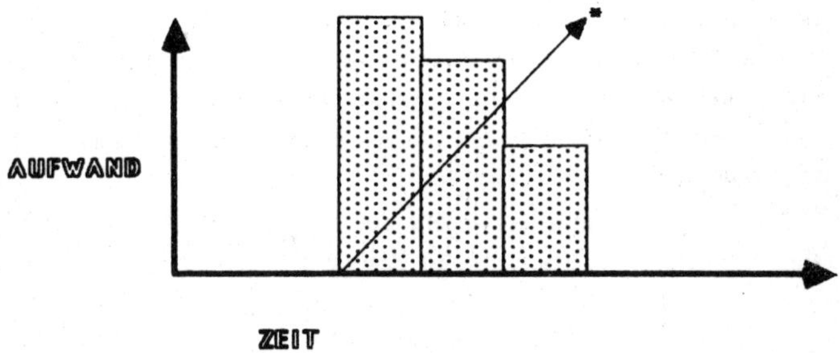

Risiko: Nur am Anfang ist der Köder schmackhaft und das Interesse groß. Kaum wird das Maß an attraktiven Liebeserklärungen reduziert, sinkt das Interesse des anderen rapide. Schade, dieser Fisch schwimmt weiter. Hätte man doch bloß die Trittleitermethode gewählt...

Strategie D:
Erst Geduld und ein geschickter Wechsel an Aktivitäten bringen den gewünschten Erfolg. Pokern ist angesagt, um das volle Interesse der anderen Person zu gewinnen. Das Maß an Aktivitäten schwankt, ist nicht berechenbar. Mal schraubt man sein Bemühen runter, dann zieht man wieder an. Man blufft und läßt den anderen im Ungewissen. Doch sein/ihr Interesse baut sich stetig auf. Jetzt werden die Karten offen auf den Tisch gelegt. Peng, die Partie ist gewonnen.

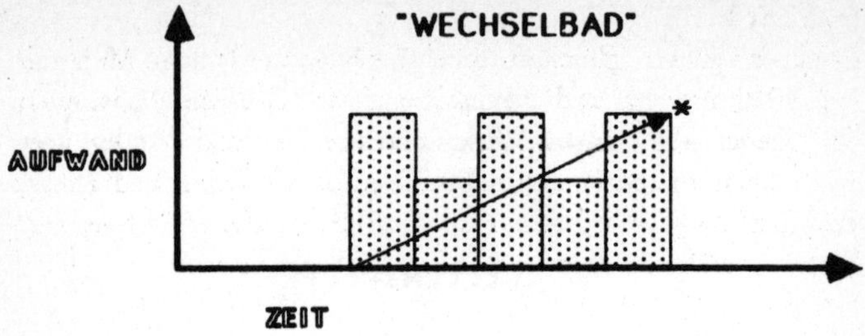

Risiko: Das Wechselbad endet mit einem Bauchklatscher, da man für wankelmütig und unstetig gehalten wird.

Strategie E:
Grundsätzlich ist man schon auf der richtigen Schiene. Das einzige, was der andere braucht, ist Zeit. Nach Terrier-Manier beißt man sich fest, gibt nicht auf und zeigt langen Atem. Auf kleiner aber stetiger Flamme bemüht man sich um den anderen. Die unnachgiebige Ausdauer beweist die Ernsthaftigkeit seines Interesses. Das Resultat gibt einem recht. Es hat sich gelohnt.

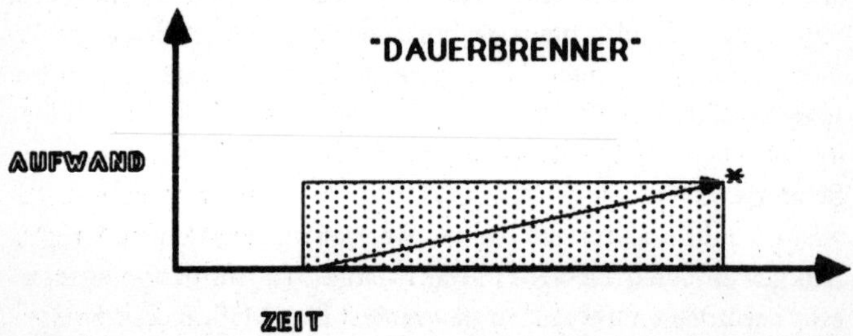

Risiko: An dieser Nuß beißt man sich die Zähne aus. Denn der andere genießt zwar die Liebeserklärungen und vor allem die Regelmäßigkeit mit der sie eintrudeln, nicht aber die Person, die dahinter steckt.

Strategie F:
Eigentlich geht es gar nicht um eine bestimmte Person. Man will sich nicht festlegen und zu viel investieren. Die Absicht ist eher, den eigenen Marktwert zu testen und mal hier, mal dort ein paar Aktivitäten zu starten. Die Bemühungen sind kurz und heftig, aber bestimmt. Wird spontan ein Treffer gelandet ist es gut. Klappt es nicht, probiert man es halt beim Nächsten.

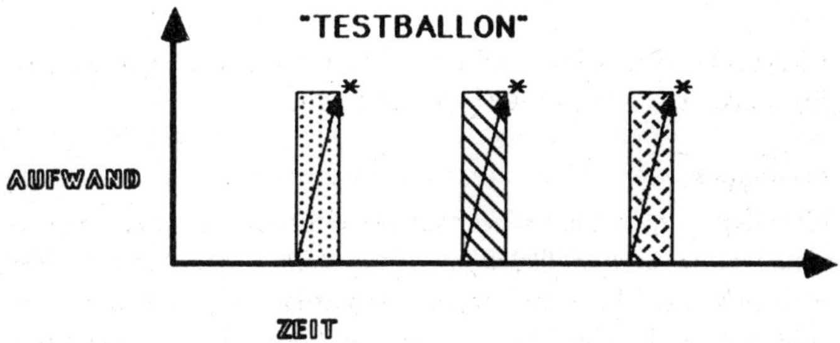

Risiko: Was man sammelt, sind Körbe und Erfahrungen. Die Liebeserklärungen werden als Standardbriefe im Versicherungsstil empfunden. Denn bei keiner Person ist man wirklich mit Herz dabei.

Jede Strategie kann genau richtig oder falsch sein. Deshalb kann es gar keine Idealmethode geben. Wer das Herz des anderen erobern möchte, sollte sich allein auf seinen Bauch verlassen und nicht Stratego spielen. Liebeserklärungen kann man sich zwar ausdenken, nicht aber ihren Erfolg vorherbestimmen. Schade, hier versagt die Wissenschaft...

17. DIE HITS DER PROMINENTEN – MEINE SCHÖNSTE LIEBESERKLÄRUNG

Was denken sich Prominente an originellen Liebeserklärungen aus, um das Herz ihres Partners zu gewinnen? Verschicken sie ganze LKW-Ladungen mit roten Rosen, lassen sie zahllose Plakatwände mit ihrer Liebesbotschaft bepflastern, wird in einer Fernseh-Live-Sendung unerlaubt ein Liebesgeständnis über den Sender geschickt oder wird vielleicht gar ein Flugzeug bestellt, um die intime Nachricht an den Himmel zu schreiben?
Von Anneliese Rothenberger bis zu Michael Jackson wurden alle möglichen nationalen und internationalen Showgrößen zum Thema befragt. Die Frage war stets dieselbe, die Antworten gingen weit auseinander. Nichts wurde geschönt. Die Reaktionen sind zwar nicht immer originell – aber hundert Prozent original.

Bei *DALIAH LAVI* war es ihr vierter Ehemann, der Großindustrielle Charles Gans, der ihr die schönste Liebeserklärung gemacht hat. »Das größte Kompliment, das mir mein Mann gemacht hat, ist, daß er meinen Sohn Rouven – aus einer früheren Verbindung – angenommen und jetzt sogar adoptiert hat. Ich finde, einen größeren Beweis seiner Liebe kann ein Mann kaum erbringen.«

DIANA ROSS erinnert sich an die heißeste Liebeserklärung, die sie je in ihrem Leben bekam. Denn die stammt vom weltweiten Superstar *MICHAEL JACKSON*, der ihr vor 15 Jahren gestand: »Ich bin zwar noch ein kleiner Junge, aber ich verehre Dich liebe Diana nicht nur als große Künstlerin, sondern auch mit der ganzen Kraft meiner jungen Liebe. Ich liebe Dich und Deine Musik mehr als meine Familie.«

BRIGITTE NIELSEN, die Ex-Frau von Sylvester Stallone und Schauspielerin mit Hang zum Singen: »Das größte Kompliment meines Lebens machte mir ein sehr, sehr guter Freund. Er kam nicht mit solchen Sätzen wie ›Deine Lippen sind so rot wie Kirschen‹ oder ›Dein Körper ist das Aufregendste auf der Welt‹. Nein, er meinte einfach nur: ›Du bist der einzige Grund, warum es sich für mich lohnt zu leben‹. Ich finde, für eine Frau, die wohl schon alles gehört hat, was es so an Höflich- und Artigkeiten gibt, ist dies die allerschönste Liebeserklärung.«

Die Frau des schleswigholsteinischen Ministerpräsidenten, *BARBARA ENGHOLM*, nannte ein Jugenderlebnis, das sie mit einem Freund hatte. Der Jüngling war fürchterlich verschossen in sie, und beim Rumalbern im Freien sagte er plötzlich zu ihr: »Wenn du mich nicht auf der Stelle heiratest, lasse ich mich sofort wieder scheiden.«

Die schönste Liebeserklärung für *ACHIM REICHEL*, Boß der legendären Beat-Truppe »RATTLES« und heute durch zahlreiche Deutsch-Rock-Nummern bekannt: »Die Lady war verreist. Ich war allein zu Hause. Ziemlich flaues Gefühl – vor allem auch im Magen. Hungrig ging ich an den Kühlschrank. Als ich seine Tür öffnete, strahlte mir in unübersehbaren Großbuchstaben in greller Neonschrift ›Ich liebe Dich‹ entgegen – zwischen kaltem Huhn und Dosenbier«.

Kammersängerin *ANNELIESE ROTHENBERGER* erinnert sich an einen Schwarzwaldbauern, der ihr immer nach Fernsehsendungen sein Liebe beichtete. Er sagte ihr nicht nur, daß er seit vielen Jahren schon sterblich in sie verliebt sei, sondern er wollte sie auch zur Erbin einsetzen.

UDO LINDENBERG, Deutschlands Pop-Poet Nr.1, meint, sein aktueller Song »Ich lieb' Dich überhaupt nicht mehr« sei das schönste Kompliment, das man jemandem sagen könnte:

«Es tut nicht mehr weh –
Endlich nicht mehr weh,
Wenn ich dich zufällig mal wiederseh.
Es ist mir egal, sowas von egal,
Und mein Puls geht ganz normal,
Mußt nicht glauben,
Daß ich ohne dich nicht klarkomm'.
Ich komm' sehr gut zurecht.
Kannst ruhig glauben.
All die andern Frauen,
Die sind auch nicht schlecht.
Ich lieb' dich überhaupt nicht mehr.
Das ist aus, vorbei und lange her.
Endlich gehts mir wieder gut,
Und ich habe jede Menge Mut.
Und ich steh da richtig drüber.
Den Fernseher, den ich eingetreten hab',
Hat die Versicherung voll bezahlt.
Die Wohnung sieht jetzt anders aus,
Nichts erinnert mehr an dich.
Ich hab alles knallbunt angemalt.
Nur wenn ich manchmal
Nachts nicht schlafen kann,
Geh ich in die Kneipe und sauf mir einen an.
Was redest du, da wär so 'ne Trauer
In meinem Gesicht,
Was für'n Quatsch –
Das ist doch nur das Kneipenlicht.
Ich lieb dich überhaupt nicht mehr.

Das ist aus, vorbei und lange her.
Guck mich bitte nicht mehr so an,
Faß mich bitte nicht mehr so an,
Das zieht bei mir nicht mehr.
Geh doch einfach weiter,
Hat doch keinen Zweck.
Ey, du weißt doch,
Sonst komm ich da niemals drüber weg.
Ich komm da niemals drüber weg.«

Nationaltorwart ***TONI SCHUHMACHER*** berichtete: »Ich lege meiner Frau Marlies oft einen Liebesbrief in den Kühlschrank. Meistens schreibe ich nur kurz ›Ich liebe Dich, mein Schatz‹.«

Funk- und Fernsehmoderator ***CARLO VON TIEDEMANN***: »Als ich vor zehn Jahren meine Dodo kennenlernte, war ich vor Glück total aus dem Häuschen. Eines Morgens rief ich sie in ihrem Office an und fragte sie: ›Sag mal, ist bei Euch im Augenblick irgendwas besonderes los?‹ ›Nö‹, meinte sie, ›ich kann nur kaum etwas verstehen. Über unserem Haus knattert wie verrückt ein Hubschrauber!‹ ›Ja‹, sagte ich, ›dann guck mal aus dem Fenster.‹ Auf drei riesigen Papp-Schildern stand an dem Hubschrauber »Dodo« »ich liebe« »Dich«. – Allerdings gebe ich zu, das Mieten des Helikopters war kein ganz preiswertes Vergnügen.«

Die erfolgreichste Märchentante der Welt, ***HEIKEDINE KÖRTING***, erzählt folgendes: »Ich hatte Geburtstag – nur, leider, mein Mann schien es völlig vergessen zu haben. Er tat so, als sei's ein Tag wie jeder andere. Ich war zutiefst gekränkt. Immer und immer wieder versuchte ich, ihn auf mein Jubelfest aufmerksam zu machen. Aber keine meiner Anstrengungen hatte Erfolg. Als es Abend wurde, verließ mein Mann dann auch noch das Haus. Ich fühlte mich mutterseelenallein. Plötzlich klopft es an der Hintertür. Ich öffne, da steht mein Mann und zeigt mit weitausholender Geste auf den Park hinter unserem Haus. Aus Hunderten von brennenden Fackeln hatte mein Mann ein riesiges Herz gebildet – und inmitten dieses ›Flammenmeeres‹ stand mein Gabentisch. Für diesen Liebesbeweis werde ich ihm immer dankbar sein.«

Eisprinz ***HANS-JÜRGEN BÄUMLER*** erzählte: »Vor wenigen Tagen habe ich meiner Frau geschrieben, daß ich sie nicht mehr wie am ersten Tag liebe, sondern heute noch ein bißchen mehr.«

Die originellste Liebeserklärung, die ***KIM*** vom Nummer-Eins-Duo »MEL & KIM« aus England erhielt: »Es war vor zwei Jahren. Mein damaliger Boyfriend, ein unbekannter Pop-Sänger, nahm das Playback von »Help«, das früher einmal die Beatles sangen, mit einem neuen für mich geschriebenen Text auf – und schickte es mir zum Geburtstag per Kurier.«

MILVA, italienische Sängerin mit Dauer-Abonnement auf deutschen Bildschirmen: »Seit Jahren nun schon leben mein Massimo und ich zusammen. Doch es waren weder großartige Geschenke, lange Liebesbriefe oder verrückte Ideen, die mich in dieser Zeit am meisten berührt haben. Es war nur ein einziger Satz meines Lebensgefährten, der mir gestand: ›Ich möchte mit Dir zusammen alt werden.‹ Ein größeres Eingeständnis seiner Zuneigung kann ich mir einfach nicht vorstellen.« (Massimo ist sechs Jahre jünger als Milva.)

ZDF-Sportchef ***DIETER KÜRTEN*** verriet: »Wenn ich genau weiß, daß meine Frau heute an die Waschmaschine muß, lege ich dort einen Zettel mit den Worten ›Ich liebe Dich!‹ hin. Ich weiß, daß sie das glücklich macht.«

Die Sängerin und Schauspielerin ***WENCKE MYHRE*** antwortete: »Mein Mann, der Regisseur Michael Pfleghar, schreibt mir – fast täglich – die wunderschönsten Liebesbriefe; vor allem, wenn wir einmal getrennt sind. Die schönste Liebeserklärung machte er mir an einem Muttertag! Er schnitt aus rotem Papier ein riesiges Herz aus. Und mitten darauf stellte er mir einen traumhaften Blumenstrauß.«

Bei den Dreharbeiten zu dem Kinorenner »Blue Velvet« lernte die Mimin *ISABELLA ROSSELLINI* den Regisseur David Lynch kennen und lieben. Ihre Liebeserklärung über ihn: »Wenn Du mit ihm über irgend etwas geredet hast, denkst du, du hast es gelesen...«

Tagesschausprecher *WILHELM WIEBEN* erinnert sich an eine besondere aber gleichzeitig etwas skurile Liebeserklärung: »Die ›Dame‹ wählte einen dünnen, karierten Briefbogen, und in nicht mehr zu unterbietender Klarheit und Prägnanz enthielt das Blatt die volle Adresse nebst Telefonnummer und den schnörkellos knappen Satz ›Ich will ein Kind von Dir‹. Grußlos darunter die kräftig gesetzte Unterschrift.«

Seine Durchlaucht, die (haarprächtige) *FÜRSTIN GLORIA VON THURN UND TAXIS*, ließ ihre schönste Liebeserklärung übermitteln, die da hieß: »Von der großen Zehe bis zur Schädeldecke Deines Hauptes liebe ich Dich und möchte Dich besitzen.«

Über den amerikanischen Jungstar *MICHAEL J. FOX* (Kino-Hit »Zurück in die Zukunft«) läßt sich folgendes berichten. »Ich glaube, die originellste Liebeserklärung, die ich je einer Frau gemacht habe, war mein Geldbäumchen für Tracy Pollan. Meiner Kollegin und Freundin habe ich in einem Blumengeschäft einen kleinen Baum gekauft, so etwa 60 Zentimeter hoch, und ihn über und über mit 100-Dollar-Noten behängen lassen. Ich gebe ja zu, daß von dem Bäumchen nachher nicht mehr viel zu sehen war. Aber ihr und mir hat die Sache einen Riesenspaß gemacht.«

18. DAMALS WAR'S – 14 LIEBESERKLÄRUNGEN, DIE GESCHICHTE GEMACHT HABEN

Perlen in Wein

Als sich der römische Konsul Antonius tief bewegt bei Kleopatra für das opulente Bankett bedankte, das diese zu seinen Ehren ausgerichtet hatte, ließ die ägyptische Königin zwei Perlen von unschätzbarem Wert in ihren Wein fallen und leerte den Becher auf sein Wohl. Die Kosten des Festes, rief sie aus, zählten nichts im Vergleich zu der Hochachtung, die sie für ihn empfinde. Nachdem Antonius der Liebhaber Kleopatras geworden war, beschenkte er sie mit Zypern, Phönizien, Syrien und Teilen Arabiens, Siziliens und Judäas.

Der Kopf Johannes des Täufers

Als Herodias nach dem Tod ihres Mannes ihren Schwager Herodes heiratete und damit das mosaische Gesetz brach, wurde diese Ehe von Johannes dem Täufer öffentlich angeprangert. Später war Herodes vom Tanz der Salome, der Tochter Herodias', so entzückt, daß er versprach, ihr jeden Wunsch zu erfüllen. Auf ihre Bitte hin wurde Johannes der Täufer geköpft. Nach der Hinrichtung brachte man der Salome das Haupt auf einem Silbertablett. Triumphierend präsentierte sie es ihrer Mutter, deren Rachegelüste nun endlich befriedigt waren.

Freiheit

Sultan Süleiman der Prächtige, Herrscher über das Osmanische Reich, schenkte der Sklavin Roxelana als Zeichen seiner Liebe die Freiheit und heiratete sie dann. Ein Zeitgenosse schrieb: »In dieser Woche ist in unserer Stadt etwas sehr Außergewöhliches geschehen, etwas, das in der Geschichte der Sultanherrschaft bislang ohne Vorbild war. Süleiman hat eine russische Sklavin zur Frau genommen.«

Shakespeares Sonette

Nicht Shakespeare, sondern der Herausgeber, der die Sonette unerlaubterweise abdruckte, erfand die Widmung »Für Mr. W.H.«. Die 154 Gedichte gehören zu den großartigsten Liebeserklärungen aller Zeiten, aber niemand weiß, an wen sie gerichtet waren.

Tadsch Mahal

Als Mumtaz Mahal, die Lieblingsfrau des Großmoguls Schahdschahan, 1631 bei der Geburt ihres vierzehnten Kindes starb, ließ der Trauernde ihr das alabasterne Mausoleum Tadsch Mahal errichten. 20 000 Arbeiter waren 15 Jahre lang damit beschäftigt, dieses schönste und kostspieligste aller Gräber fertigzustellen. Es steht, perfekt erhalten, am Fluß Jumna in Nordindien am Ende einer ummauerten Gartenanlage, die von spiegelnden Wasserbecken und marmorgepflasterten Wegen durchzogen ist. Schahdschahan hatte die Absicht, für sein eigenes Grab das Tadsch Mahal in schwarzem Marmor nachbauen zu lassen, aber er wurde von seinem Sohn abgesetzt, ehe er dieses Vorhaben in die Tat umsetzen konnte.

»Westöstlicher Divan«

Der 65jährige Goethe nannte seine Sammlung von Liebesgedichten auf Marianne von Willemer, die Frau eines Frankfurter Bankiers, nach dem Vorbild der Dichtungen des persischen Dichters Hafis »Westöstlicher Divan«. Goethe hatte die Sammlung lange geplant und bereits eine Weile mit nur geringer Lust an ihr gearbeitet. Da begegnete er eines Tages der schönen Marianne, und erst durch dieses für ihn unvergeßliche Erlebnis wurde seine Fähigkeit, den drängenden Gefühlen in Gedichten unmittelbaren Ausdruck zu verleihen – eine Fähigkeit, die er seit den »Römischen Eligien« (1788) fast völlig hatte ruhen lassen –, neu geweckt und gesteigert.

Ein Fahrad für 10 000 Dollar

»Diamanten-Jim« Brady schenkte der Schauspielerin Lilian Russell ein vergoldetes Fahrrad mit Perlmutt-Lenker und Speichen, die mit Diamanten, Rubinen und Saphiren besetzt waren. Wenn Miss Russell auf Reisen ging, war das Fahrrad – in einem mit blauem Plüsch ausgeschlagenen Saffiankoffer – mit von der Partie.

»Das Geschenk der Waisen«

O. Henrys berühmte Weihnachtsgeschichte erzählt von den Opfern, die sich zwei Liebende gegenseitig darbringen. Della schneidet ihr herrliches langes Haar ab und verkauft es, um das Geld für eine Uhrkette aus Platin aufzubringen, die sie ihrem Jim schenken will, und dieser versetzt zur gleichen Zeit seine wertvolle goldene Taschenuhr, um für Della teure Haarkämme aus Schildpatt kaufen zu können.

Muttertag

Anna Jarvis schlug zum Gedenken an ihre eigene Mutter und an alle anderen Mütter in Amerika vor, daß jedermann am zweiten Sonntag im Mai eine weiße Nelke tragen und den Gottesdienst besuchen solle. Von Miss Jarvis' Beharrlichkeit beeindruckt, beschloß der amerikanische Kongreß 1914 schließlich, den Muttertag offiziell anzuerkennen. In Deutschland wird der Muttertag seit 1923 gefeiert. Während des »Dritten Reiches« wurde an diesem Tag ein regelrechter Mutterkult betrieben.

Die Ofenkachel

Der Seemann und satirische Dichter Joachim Ringelnatz (eigentlich Hans Bötticher) war ein Mensch, an dem sich das Sprichwort von der rauhen Schale, unter der sich ein weicher Kern verbirgt, eindrucksvoll demonstrieren läßt. Das zeigt sich vor allem in seiner berühmten Liebeserklärung »Ich hab dich so lieb!/Ich würde dir ohne Bedenken/Eine Kachel aus meinem Ofen/Schenken.«

Die Fenster Chagalls

Chagall schuf zwölf bemalte Fenster für die Synagoge der Medizinischen Fakultät an der Hebräischen Universität von Jerusalem. Bei der Übergabezeremonie sagte Chagall: »Gedanken der Liebe haben mich bewegt, dem jüdischen Volk dieses bescheidene Geschenk darzubringen...«

Rote Rosen...auf ewig

Seit Marilyn Monroes Tod im Jahre 1962 läßt Joe DiMaggio, ihr zweiter Mann, 3 x wöchentlich rote Rosen an ihr Grab bringen.

Der Cartier-Burton-Diamant

Richard Burton erwarb für 1 050 000 Dollar den 69,42-karätigen Edelstein von Cartier als Geschenk für Elisabeth Taylor-Burton. Zu den weiteren Zeichen seiner Verehrung gehörte der teuerste Nerzmantel der Welt (125 000 Dollar), der 33,9-karätige Krupp-Diamant (350 000 Dollar), der »Ping-Pong«-Diamant (38 000 Dollar), die La-Peregrina-Perle (37 000 Dollar), ein Smaragd für 93 000 Dollar und eine Brosche mit Saphiren im Wert von 65 000 Dollar.

Die Insel Skorpios

Als Aristoteles Onassis im Oktober 1968 Jackie Kennedy heiratete, war eines seiner Hochzeitsgeschenke ein Teil der Insel Skorpios, auf der sie getraut wurden. Vor der Hochzeit schenkte er ihr Schmuck im Wert von 1,2 Millionen Dollar. Er behauptete, im ersten Jahr ihrer Ehe 20 Millionen Dollar allein zu ihrem Vergnügen ausgegeben zu haben.

SCHLUSSWORT

Es heißt, daß man nur mit Herz über etwas schreiben kann, wenn man das Thema selbst durchlebt hat. Genau das war bei mir der Fall. Und so soll an dieser Stelle das Beichtgeheimnis gelüftet werden.

Das Schicksal hatte meine Karten gemischt und es ergab sich, daß ich meine Traumfrau kennenlernte. Zack – Peng – Boing und ich stand in Flammen. Nur gab es einen kleinen Haken. Sie fand mich zwar nett, sympathisch und interessant, aber... . Kurzum, gefühlsmäßig war ein reichliches Gefälle vorhanden. Hinzu kam, daß sie von mir einen völlig falschen Eindruck hatte. Mit stark angeschlagener Eitelkeit und dem verzweifelten Gefühl des Ungeliebtseins begab ich mich auf Eroberungskurs; einer Mischung aus »Russischer Roulette«- und »Dauerbrenner«-Methode.

Nach dem Motto »Tommi, der Glücksspender ohne Dosierregelung« gab es jeden Tag einen Liebesbrief. Nach zwei Monaten schließlich, waren ihre Zweifel ausgeräumt und ihr Herz endlich gewonnen. Heute korrigiert sie dieses Buch und überwacht mit Argusaugen, daß auch die weibliche Sicht nicht zu kurz kommt. – Von diesem Schlußwort aber weiß sie (noch) nichts –. Wundert es da, daß ich von originellen Liebeserklärungen überzeugt bin?

Man braucht kein Geld, um zu beweisen, wie viel einem der andere bedeutet. Es beweist viel mehr, sich persönlich etwas auszudenken. Zärtlichkeit mit Witz ist eine gute Paarung und hat nichts mit typisch männlich oder weiblich zu tun. Wer Humor zeigt, macht sich nicht lächerlich sondern zeigt Lockerheit im Umgang mit seinen Gefühlen. Jeder hat das Zeug dazu.

Manche der Ideen haben einem vielleicht mehr gefallen, manche weniger. Wenn auch nur ein einziges Beispiel dazu beigetragen hat, es selbst einmal mit einer originellen Liebesbotschaft zu versuchen, ist der Stein im Rollen. Denn dieses Buch ist nicht der Weisheit letzter Schluß, sondern hoffentlich der Anfang für eine Menge ungewöhnlicher Zärtlichkeiten.

ZUR PERSON DES AUTORS

1957 geboren, hat der Autor während seiner schulischen Karriere seine Eltern, acht Lehranstalten, fünfzehn männliche und drei weibliche Nachhilfelehrer zur Verzweiflung gebracht.
»Goldener Turnschuh« für Jahresbestleistung im Schulstundenschwänzen (127 Fehlstunden) bei gleichzeitiger Versetzung in die nächste Klasse.
Mit 18 Jahren wegen untragbarer körperlicher Mängel von der Bundeswehr ausgemustert. Konnte damit seinen Traum, Vier-Sterne-General zu werden, nicht verwirklichen.
Mit 20 Jahren Abitur und bis 1983 Lehre und Studium der Landwirtschaft, 1983 Diplomingenieur.
Nach Abschluß des Studiums verwirklichte der Autor seinen Wunsch »Lehrbücher« zu schreiben. Mit seinem Erfolgsbuch »Schummeln – aber richtig« erklomm er 1984 erstmals die SPIEGEL-Bestseller-Liste. 1985 folgte sein zweites Buch »Schummeln – aktuell«.
Nach mehreren Berufsjahren in der Wirtschaft erschien der Titel »UMSONST: wertvolle Waren – kostenlos für jedermann«, eine marktwirtschaftliche Eulenspiegelei, die sogar ausgetrickste Manager zum Lachen brachte.
Heute arbeitet Bauer Brockmann in der Werbung und gastiert zur Zeit für zwei Jahre in New York.